CONTOS NOVOS

MÁRIO DE ANDRADE

CONTOS NOVOS

Estabelecimento do texto
Hugo Camargo Rocha
Aline Nogueira Marques

Edição coordenada por
Telê Ancona Lopez

NOVA FRONTEIRA | Rio de Janeiro 2011

SUMÁRIO

O LONGO CAMINHO DOS CONTOS NOVOS[1]

Aline Nogueira Marques

Em 1941, de volta a São Paulo após três anos vividos no Rio de Janeiro, Mário de Andrade tem um novo livro de contos entre seus muitos projetos. Continua a multiplicar sua produção em várias áreas, conforme indicam os documentos na série que organiza seus manuscritos, em seu arquivo, hoje no Instituto de Estudos Brasileiros da Universidade de São Paulo (IEB-USP). Esta série, composta, sobretudo, de inéditos e exemplares de trabalho, mostra-se valiosa para a compreensão do processo criativo de um autor que, em todas as suas faces de polígrafo, tinha por hábito descartar praticamente todos os papéis que antecediam a publicação de um livro seu.[2] Ao prosseguir na criação de determinadas obras, trabalhava em exemplares de livros seus publicados ou de seus textos em jornais e revistas, rasurando-os a tinta e a lápis, para instituir uma nova versão, plasmada à matéria impressa.[3]

1. Na redação deste estudo, contei com a classificação do dossiê *Contos novos*, realizada pelo pesquisador Hugo Camargo Rocha, em 1991; discuti meu ponto de vista com Telê Ancona Lopez e Leandro Raniero Fernandes.

2. MA, algumas vezes, oferecia a amigos, como *souvenir*, um poema, uma pequena parcela do texto.

3. A designação "exemplar de trabalho", cunhada por MA, foi adotada na classificação de seus manuscritos, pela equipe que, no IEB-USP, tem o nome do escritor.

Assim Mário concretizou outras versões de *A escrava que não é Isaura*, *Macunaíma*, *Amar, verbo intransitivo*, *Namoros com a medicina*; do *Ensaio sobre a música brasileira*, ou de artigos, contos e crônicas seus, veiculados na imprensa. O infarto do miocárdio, que lhe roubou a vida em 25 de fevereiro de 1945, impediu-o de concluir projetos, como demonstram seus inéditos. Nesses textos interrompidos, pode-se deduzir itinerários da criação que se ligam a notas, planos, esboços e sucessivas versões (às vezes, mais de uma "versão definitiva"), em autógrafos, datiloscritos e exemplares emendados. Na datilografia, o número expressivo de versões em cópia carbono, sempre rasuradas, implica a entrega dos originais a primeiras publicações em periódicos ou o envio do texto para a leitura dos amigos.

O difícil batismo de um livro

Em 1941, ao regressar à Pauliceia, Mário de Andrade contista que, além de sua colaboração em jornais e revistas desde a juventude, publicara *Primeiro andar* e *Belazarte*, em 1926 e 1934, começa provavelmente a organizar textos para um terceiro livro de título apenas esboçado, *Contos piores*, cujo dossiê recua até a sua produção nos decênios de 1920 e 1930. São os exemplares de trabalho de narrativas estampadas na imprensa e as anotações no final dos originais das versões que, em seu arquivo, elucidam o resgate e a refusão, na ausência de outros documentos que os antecedam. O conjunto, sob os títulos provisórios *Contos piores* e *Contos revividos*, expõe a acumulação e o descarte, formas rotineiras no processo criativo do escritor, por ele especificadas na carta a Fernando Sabino, em 8 de junho de 1942:

> Quando me lembro os milhares de páginas que escrevi, versos, meditações, contos, romances quase sempre ficados pra acabar "mais tarde". As

> coisas iam se acumulando, passavam dois anos, três. Um dia era preciso desentulhar as gavetas e eu ficava uns quinze dias lendo um autor esquisito que não era meu desconhecido, mas que eu não reconhecia bem mais, porque já tinha mudado. E era aquela devastação. Quase tudo ia pra cesta, e bem rasgadinho, rasgadinhíssimo pela preciosa vaidade de que ninguém, uma criada, o lixeiro pegasse aquilo pra ler, rindo de mim. E principiava entulhando gaveta outra vez, livre! gratuito? no meu reino sem fadiga de criar! Era bom e foi tantas vezes sublime![4]

O dossiê de contos, aliás, também absorve o tempo da espera que prolonga a acumulação, ao torná-lo uma latência, ou que condiciona a duplicação de um projeto ou a migração de motivos e trechos, para um novo título, características do artefazer andradiano. Esta última toca o romance *Quatro pessoas* que contamina o conto FREDERICO PACIÊNCIA, cuja redação começa na altura de 1923, 1924.

Na série Manuscritos Mário de Andrade, os dois títulos – *Contos piores* e *Contos revividos* – revelam-se na pasta onde se localizam as versões que se reportam ao novo livro. A classificação do dossiê, efetuada em 1991 por Hugo Camargo Rocha,[5] registrou um invólucro geral que reaproveita a capa (do frontispício ao colofão), do nº 3, a. 2, de *La Musique de Chambre*: Révue semestrielle de Musique Ancienne et Moderne. Chant et Piano (Paris, 1º semestre, 1922), e conserva o vestígio do primeiro uso, na indicação do contista, a tinta preta: "Manuscritos Guarnieri".

4. SABINO, Fernando (Org.). *Cartas a um jovem escritor*, 3ª ed. Rio de Janeiro: Record, 1993, p. 48.

5. O pesquisador Hugo Camargo Rocha trabalhou, em 1991, no primeiro projeto de classificação dos manuscritos de Mário de Andrade, coordenado pela Profa. Telê Ancona Lopez.

Esta capa protege duas pastas. A primeira é de cartolina rosa (32,3 x 25,0 cm), tendo na frente, a lápis azul: "Contos/ Os contos publicáveis e/ já em redação definitiva/ satisfatória trazem uma/ cruz encarnada + junto/ do título". A segunda, uma pasta improvisada com uma folha dupla de papel almaço sem pauta (32,9 x 22,1 cm), traz no anverso do primeiro fólio, a lápis vermelho, também na letra do escritor: "Contos/ Os publicáveis e já em/ versão definitiva trazem/ uma cruz + junto do/ título". Na parte interna, na frente do segundo fólio, o lápis vermelho referenda um emprego anterior superado: "Contos revividos/ Projetos e notas". Esta pasta encerra, separadas por título, outras pastas ou capas semelhantes, com a data das redações, salvo O POÇO e FREDERICO PACIÊNCIA. Materializam-se em exemplares de trabalho e em datiloscritos com emendas (originais e cópias carbono), vinculados a um plano na ficha CONTOS PIORES/ (projeto do livro). Documento sem data, mas, por certo anterior a 1943, quando o conto NELSON ganha um final, o plano, traçado a tinta preta e vermelha, avalia igualmente o andamento da escritura, por meio de sinais. Vale a pena reproduzi-lo:

Contos piores
(projeto do livro)

I.	VESTIDA DE PRETO	X
II.	O LADRÃO	X
III.	EDUCAI VOSSOS PAIS	\
	a) – A COROA DE LOUROS	
	b) – VIRGINDADE	
IV.	PRIMEIRO DE MAIO	X
V.	POR TRÁS DA CATEDRAL DE RUÃO	X
VI.	O POÇO	X
VII.	O PERU DE NATAL	X

VIII. FREDERICO PACIÊNCIA x
IX. MARCHA FÚNEBRE \
X. NELSON /
XI. O CEGO \
XII. TEMPO DA CAMISOLINHA x
=
Prontos = x
Por consertar = /
Por escrever = \

A pasta que reúne as versões associa, ainda, esta advertência, a lápis vermelho:

> Aviso/ BRIGA DAS PASTORAS já/ publicado – E não per-/tencerá ao livro, não/ presta./ VESTIDA DE PRETO, PRI-/MEIRO DE MAIO e PERU/ DE NATAL já foram/ publicados./ FREDERICO PACIÊNCIA não/ se publica senão no/ livro, pelo melindroso/ do assunto.

Como se vê, o volume projetado tinha acolhido, em algum momento, BRIGA DAS PASTORAS, que saíra na revista carioca *O Cruzeiro*, em 23 de dezembro de 1939, e seria deslocado para *Obra imatura*, quando, em 1943, o escritor estrutura, para a Livraria Martins Editora, de São Paulo, o plano de suas Obras Completas.[6] Em 2 de dezembro desse último ano, na entrevista concedida a Mário da Silva Brito, ele põe em dúvida o primitivo título:

6. V. ANDRADE, Mário de. *Obra imatura*. Estabelecimento do texto: Aline Nogueira Marques. Rio de Janeiro: Agir, 2009. Esta coletânea previa também, aliás, PRIMEIRO DE MAIO. O conto BRIGA DAS PASTORAS foi também publicado na *Revista da Academia Paulista de Letras*, a. 3, nº 12; São Paulo, 12 de dezembro de 1940.

– Os *Contos piores*? indago.

– Não. Não tem nome ainda – esclarece o escritor. Houve um jornalista que lhe deu aquele título, mas não é verdade. Pretendia chamá-lo assim, porque, quando publico um livro novo, dizem que o anterior era melhor... Mas já passou o tempo dos nomes *blagues*.[7]

Apesar de nada ultimar quanto a um título para o volume, a importância maior da pasta "Contos/ Os publicáveis e já em/ versão definitiva trazem/ uma cruz + junto do/ título" é consolidar as versões para a publicação e exibir, nas notas do contista, a duração da escritura de cada narrativa. Ao declarar 1942 e 1943 como datas do início de O POÇO e de NELSON, compreende-se a impossibilidade do livro se chamar *Contos revividos*. A definição do título evidencia-se fora dos manuscritos, no plano das Obras Completas de Mário de Andrade, presente na *Pequena história da música* que sai do prelo em junho de 1944. A coleção prevê *Contos novos* como o volume 27, contando certamente com a chancela do autor que, em 1 de janeiro de 1945, autografa um exemplar para a romancista Ruth Guimarães.[8] *Contos novos* vem à luz em 1947, preparado pelos amigos, dois anos após a morte de Mário; baseia-se nas versões por ele consideradas "definitivas", sem contudo garantir a fidelidade.

7. Mário da Silva Brito conduz a entrevista para o *Diário de S. Paulo*, em 2 de dezembro daquele ano: "1943 – Uma excursão pelo fichário de *Macunaíma* – reedições, novas obras e planos de futuros trabalhos de Mário de Andrade – o mais organizado intelectual do Brasil".

8. MA não entregou o presente à escritora; no exemplar, a dedicatória é "A Ruth Guimarães,/ com muita esperança/ pelo seu livro e a/ simpatia amiga de/ Mário de Andrade/ S. Paulo, Ano-Bom de 1945"; informação de Hugo Camargo Rocha no índice do dossiê de *Contos novos*.

Os contos e as versões

A análise dos documentos do processo criativo de Mário de Andrade, no dossiê ao qual se pode atribuir o título *Contos novos*, depara-se com esperas demoradas e anos de muita atividade, entre 1923-1924 e 1944. Constata que nada restou em termos de notas prévias, esquemas, planos, esboços ou versões anteriores aos textos nos exemplares de trabalho, que funcionam como um novo ponto de partida.

Em 1947, a edição póstuma de Mário de Andrade, *Contos novos*, pela Livraria Martins Editora, ao escudar-se em transcrições das últimas versões dos manuscritos, conservadas, aliás, junto do dossiê, não realizou, nas provas, ao que se deduz, o necessário confronto com páginas datilografadas e rasuradas pelo escritor, no que teriam sido seus originais. Esse procedimento resultou em desvios, tais como supressão e substituição de palavras, alteração de tempos verbais e de sinais de pontuação, bem como "correções" à ortografia renovadora do contista. A quebra da fidelidade, reproduzida no decorrer das edições do livro, atingiu, consequentemente, o projeto linguístico do modernista que se debruçou sobre a língua portuguesa falada no Brasil. Na intenção de restabelecer a chancela da autoria, a atual edição Nova Fronteira pautou, pelos manuscritos das derradeiras versões, o estabelecimento dos textos das narrativas, cujo trajeto da criação pode ser conhecido no estudo O LONGO CAMINHO DOS *CONTOS NOVOS*, e complementado nas imagens que traduzem o trabalho do escritor, no DOSSIÊ. Esta edição acata a norma vigente para a ortografia, mantendo, porém, as idiossincrasias do autor, que dizem respeito ao ritmo da frase – "diz-que", "malestar", "de-noite", "luís-quinze", "arranha-céus", "bem-vestidinho" e "a-pé".

VESTIDA DE PRETO

Rio de Janeiro • 1939
São Paulo • 1943

Tanto andam agora preocupados em definir o conto que não sei bem se o que vou contar é conto ou não, sei que é verdade. Minha impressão é que tenho amado sempre... Depois do amor grande por mim que me brotou aos três anos e durou até os cinco mais ou menos, logo o meu amor se dirigiu para uma espécie de prima longínqua que frequentava a nossa casa. Como se vê, jamais sofri do complexo de Édipo, graças a Deus. Toda a minha vida, mamãe e eu fomos muito bons amigos, sem nada de amores perigosos.

Maria foi o meu primeiro amor. Não havia nada entre nós, está claro, ela como eu nos seus cinco anos apenas, mas não sei que divina melancolia nos tomava, se acaso nos achávamos juntos e sozinhos. A voz baixava de tom, e principalmente as palavras é que se tornavam mais raras, muito simples. Uma ternura imensa, firme e reconhecida, não exigindo nenhum gesto. Aquilo aliás durava pouco, porque logo a criançada chegava. Mas tínhamos então uma raiva impensada dos manos e dos primos, sempre exteriorizada em palavras ou modos de irritação. Amor apenas sensível naquele instinto de estarmos sós.

E só bem mais tarde, já pelos nove ou dez anos, é que lhe dei nosso único beijo, foi maravilhoso. Se a criançada estava toda junta naquela casa sem jardim da Tia Velha, era fatal brincarmos de família, porque assim Tia Velha evitava correrias e estragos. Brinquedo aliás que nos interessava muito, apesar da idade já avançada para ele. Mas é que na casa de Tia Velha tinha muitos quartos, de forma que casávamos rápido, só de boca, sem nenhum daqueles cerimoniais de mentira que dantes nos interessavam tanto, e cada par fugia logo, indo viver no seu quarto. Os melhores interesses infantis do brinquedo, fazer comidinha, amamentar bonecas, pagar visita, isso nós deixávamos com generosidade apressada para os menores. Íamos para os nossos quartos e ficávamos vivendo lá. O que os outros faziam, não sei. Eu, isto é, eu com Maria, não fazíamos nada. Eu adorava principalmente era ficar assim sozinho com ela, sabendo várias safadezas já mas sem tentar nenhuma. Havia, não havia não, mas sempre como que havia um perigo iminente que ajuntava o seu crime à intimidade daquela solidão. Era suavíssimo e assustador.

Maria fez uns gestos, disse algumas palavras. Era o aniversário de alguém, não lembro mais, o quarto em que estávamos fora convertido em dispensa, cômodas e armários cheinhos de pratos de doces para o chá que vinha logo. Mas quem se lembrasse de tocar naqueles doces, no geral secos, fáceis de disfarçar qualquer roubo! estávamos longe disso. O que nos deliciava era mesmo a grave solidão.

Nisto os olhos de Maria caíram sobre o travesseiro sem fronha que estava sobre uma cesta de roupa suja a um canto. E a minha esposa teve uma invenção que eu também estava longe de não ter. Desde a entrada no quarto eu concentrara todos os meus instintos na existência daquele travesseiro, o travesseiro cresceu como um danado dentro de mim e virou crime. Crime não, "pecado" que é como se dizia naqueles tempos cristãos... E por causa disto eu conseguira não pensar até ali, no travesseiro.

– Já é tarde, vamos dormir. – Maria falou.

Fiquei estarrecido, olhando com uns fabulosos olhos de imploração para o travesseiro quentinho, mas quem disse travesseiro ter piedade de mim. Maria, essa estava simples demais pra me olhar e surpreender os efeitos do convite: olhou em torno e afinal, vasculhando na cesta de roupa suja, tirou de lá uma toalha de banho muito quentinha que estendeu sobre o assoalho. Pôs o travesseiro no lugar da cabeceira, cerrou as venezianas da janela sobre a tarde, e depois deitou, arranjando o vestido pra não amassar.

Mas eu é que nunca havia de pôr a cabeça naquele restico de travesseiro que ela deixou pra mim, me dando as costas. Restinho sim, apesar do travesseiro ser grande. Mas imaginem numa cabeleira explodindo, os famosos cabelos assustados de Maria, citação obrigatória e orgulho de família. Tia Velha, muito ciumenta por causa duma neta preferida que ela imaginava deusa, era a única a pôr defeito nos cabelos de Maria.

– Você não vem dormir também? – ela perguntou com fragor, interrompendo o meu silêncio trágico.

– Já vou, – que eu disse – estou conferindo a conta do armazém.

Fui me aproximando incomparavelmente sem vontade, sentei no chão tomando cuidado em sequer tocar no vestido, puxa! também o vestido dela estava completamente assustado, que dificuldade! Pus a cara no travesseiro sem a menor intenção de. Mas os cabelos de Maria, assim era pior, tocavam de leve no meu nariz, eu podia espirrar, marido não espirra. Senti, pressenti que espirrar seria muito ridículo, havia de ser um espirrão enorme, os outros escutavam lá da sala-de-visita longínqua, e daí é que o nosso segredo se desvendava todinho.

Fui afundando o rosto naquela cabeleira e veio a noite, senão os cabelos (mas juro que eram cabelos macios) me machucavam os olhos. Depois que não vi nada, ficou fácil continuar enterrando a cara, a cara toda, a alma, a vida, naqueles cabelos, que maravilha! até que o meu nariz tocou num pescocinho roliço. Então fui empurrando os meus lábios, tinha uns bonitos lábios grossos, nem eram lábios, era beiço, minha boca foi ficando encanudada até que encontrou o pescocinho roliço. Será que ela dorme de verdade?... Me ajeitei muito sem-cerimônia, mulherzinha! e então beijei. Quem falou que este mundo é ruim! só recordar... Beijei Maria, rapazes! eu nem sabia beijar, está claro, só beijava mamãe, boca fazendo bulha, contato sem nenhum valor sensual.

Maria, só um leve entregar-se, uma levíssima inclinação pra trás me fez sentir que Maria estava comigo em nosso amor. Nada mais houve. Não, nada mais houve. Durasse aquilo uma noite grande, nada mais haveria porque é engraçado como a perfeição fixa a gente. O beijo me deixara completamente puro, sem minhas curiosidades nem desejos de mais nada, adeus pecado e adeus escuridão! Se fizera em meu cérebro uma enorme luz branca, meu ombro bem que doía no chão, mas a luz era violentamente branca, proibindo pensar, imaginar, agir. Beijando.

Tia Velha, nunca eu gostei de Tia Velha, abriu a porta com um espantoso barulho. Percebi muito bem, pelos olhos dela, que o que estávamos fazendo era completamente feio.

– Levantem!... Vou contar pra sua mãe, Juca!

Mas eu, levantando com a lealdade mais cínica deste mundo:

– Tia Velha me dá um doce?

Tia Velha – eu sempre detestei Tia Velha, o tipo da bondade Berlitz, injusta, sem método – pois Tia Velha teve a malvadeza de escorrer por mim todo um olhar que só alguns anos mais tarde pude compreender inteiramente. Naquele instante, eu estava só pensando em disfarçar, fingindo uma inocência que poucos segundos antes era real.

– Vamos! saiam do quarto!

Fomos saindo muito mudos, numa bruta vergonha, acompanhados de Tia Velha e os pratos que ela viera buscar para a mesa de chá.

O estranhíssimo é que principiou nesse acordar à força provocado por Tia Velha, uma indiferença inexplicável de Maria por mim. Mais que indiferença, frieza viva, quase antipatia. Nesse mesmo chá inda achou jeito de me maltratar diante de todos, fiquei zonzo.

Dez, treze, quatorze anos... Quinze anos. Foi então o insulto que julguei definitivo. Eu estava fazendo um ginásio sem gosto, muito arrastado, cheio de revoltas íntimas, detestava estudar. Só no desenho e nas composições de português tirava as melhores notas. Vivia nisso: dez nestas matérias, um, zero em todas as outras. E todos os anos era aquela já esperada fatalidade: uma, duas bombas (principalmente em matemáticas) que eu tomava apenas o cuidado de apagar nos exames de segunda época.

Gostar, eu continuava gostando muito de Maria, cada vez mais, conscientemente agora. Mas tinha uma quase certeza que ela não podia gostar de mim, quem gostava de mim!... Minha mãe... Sim, mamãe gostava de mim, mas naquele tempo eu chegava a imaginar que era só por obrigação. Papai, esse foi sempre insuportável, incapaz duma carícia. Como incapaz de uma repreensão também. Nem mesmo comigo, a tara da família, ele jamais ralhou. Mas isto é caso pra outro dia. O certo é que, decidido em minha desesperada revolta contra o mundo que me rodeava, sentindo um orgulho de mim que jamais buscava esclarecer, tão absurdo o pressentia, o certo é que eu já principiava me aceitando por um caso perdido, que não adiantava melhorar.

Esse ano até fora uma bomba só. Eu entrava da aula do professor particular, quando enxerguei a saparia na varanda e Maria entre os demais. Passei bastante encabulado, todos em férias, e os livros que eu trazia na mão me denunciando, lembrando a bomba, me achincalhando em minha imperfeição de caso perdido. Esbocei um gesto falsamente alegre de bom-dia, e fui no escritório pegado, esconder os livros na escrivaninha de meu pai. Ia já voltar para o meio de todos, mas Matilde, a peste, a implicante, a deusa estúpida que Tia Velha perdia com suas preferências:

– Passou seu namorado, Maria.

– Não caso com bombeado. – ela respondeu imediato, numa voz tão feia, mas tão feia, que parei estarrecido. Era a decisão final, não tinha dúvida nenhuma. Maria não gostava mais de mim. Bobo do assim parado, sem fazer um gesto, mal podendo respirar.

Aliás um caso recente vinha se ajuntar ao insulto pra decidir de minha sorte. Nós seríamos até pobretões, comparando com a família de Maria, gente que até viajava na Europa. Pois pouco antes, os pais dela tinham feito um papel bem indecente, se opondo ao casamento duma filha com um rapaz diz-que pobre mas ótimo. Houvera rompimento de amizades, malestar na parentagem toda, o caso virara escândalo mastigado e remastigado nos comentários de hora de jantar. Tudo por causa do dinheiro.

Se eu insistisse em gostar de Maria, casar não casava mesmo, que a família dela não havia de me querer. Me passou pela cabeça comprar um bilhete de loteria. "Não caso com bombeado"... Fui abraçando os livros de mansinho, acariciei-os junto ao rosto, pousei a minha boca numa capa feia, suja de pó suado, retirei a boca sem desgosto. Naquele instante eu não sabia, hoje sei: era o segundo beijo que eu dava em Maria, último beijo, beijo de despedida, que o cheiro desagradável do papelão confirmou. Estava tudo acabado entre nós dois.

Não tive mais coragem pra voltar à varanda e conversar com... os outros. Estava com uma raiva desprezadora de todos, principalmente de Matilde. Não, me parecia que já não tinha raiva de ninguém, não valia a pena, nem de Matilde, o insulto partira dela, fora por causa dela, mas eu não tinha raiva dela não, só tristeza, só vazio, não sei... creio que uma vontade de ajoelhar. Ajoelhar sem mais nada, ajoelhar ali junto da escrivaninha e ficar assim, ajoelhar. Afinal das contas eu era um perdido mesmo, Maria tinha razão, tinha razão, tinha razão, oh que tristeza...

Foi o fim? Agora é que vem o mais esquisito de tudo, ajuntando anos pulados. Acho que até não consigo contar bem claro tudo o que sucedeu. Vamos por ordem: pus tal firmeza em não amar Maria mais, que nem meus pensamentos me traíram. De resto a mocidade raiava e eu tinha tudo a aprender. Foi espantoso o que se passou em mim. Sem abandonar meu jeito de "perdido", o cultivando mesmo, ginásio acabado, eu principiara gostando de estudar. Me batera, súbito, aquela vontade irritada de saber, me tornara estudiosíssimo. Era mesmo uma impaciência raivosa, que me fazia devorar bibliotecas, sem nenhuma orientação. Mas brilhava, fazia conferências empoladas em sociedadinhas de rapazes, tinha ideias que assustavam todo o mundo. E todos principiavam maldando que eu era muito inteligente mas perigoso.

Maria, por seu lado, parecia uma doida. Namorava com Deus e todo o mundo, aos vinte anos fica noiva de um rapaz bastante rico, noivado que durou três meses e se desfez de repente, pra dias depois ela ficar noiva de outro, um diplomata riquíssimo, casar em duas semanas com alegria desmedida, rindo muito no altar e partir em busca duma embaixada europeia, com o secretário chique, seu marido.

Às vezes meio tonto com estes acontecimentos fortes, acompanhados meio de longe, eu me recordava do passado, mas era só pra sorrir da nossa infantilidade e devorar numa tarde mais um livro incompreensível de filosofia. De mais a mais, havia a Rose pra de-noite, e uma linda namoradinha oficial, a Violeta. Meus amigos me chamavam de "jardineiro", e eu punha na coincidência daquelas duas flores uma força de destinação fatalizada. Tamanha mesmo que topando numa livraria com *The Gardener* de Tagore, comprei o livro e comecei estudando o inglês com loucura. Mário de Andrade conta num dos seus livros que estudou o alemão por causa duma emboaba tordilha... eu também: meu inglês nasceu duma Violeta e duma Rose.

Não, nasceu de Maria. Foi quando uns cinco anos depois, Maria estava pra voltar pela primeira vez ao Brasil, a mãe dela, queixosa de tamanha ausência, conversando com mamãe na minha frente, arrancou naquele seu jeito de gorda desabrida:

– Pois é! Maria gostou tanto de você, você não quis!... e agora ela vive longe de nós.

Pela terceira vez fiquei estarrecido neste conto. Percebi tudo num tiro de canhão. Percebi ela doidejando, noivando com um, casando com outro, se atordoando com dinheiro e brilho. Percebi que eu fora uma besta, sim, agora que principiava sendo alguém, estudando por mim fora dos ginásios, vibrando em versos que muita gente já considerava. E percebi horrorizado, que Rose! nem Violeta, nem nada! era Maria que eu amava como louco! Maria é que eu amara sempre, como louco: oh como eu vinha sofrendo a vida inteira, desgraçadíssimo, aprendendo a vencer só de raiva, me impondo ao mundo por despique, me superiorizando em mim só por vingança de desesperado. Como é que eu pudera me imaginar feliz, pior: ser feliz, sofrendo daquele jeito! Eu? eu não! era Maria, era exclusivamente Maria toda aquela superioridade que estava aparecendo em mim... E tudo aquilo era uma desgraça muito cachorra mesmo. Pois não andavam falando muito de Maria? Contavam que pintava o sete, ficara célebre com as extravagâncias e aventuras. Estivera pouco antes às portas do divórcio, com um caso escandaloso por demais, com um pintor de nomeada que só pintava efeitos de luz. Maria falada, Maria bêbada, Maria passando de mão em mão, Maria pintada nua...

Se dera como que uma transposição de destinos... E tive um pensamento que ao menos me salvou no instante: se o que tinha de útil agora em mim era Maria, se ela estava se transformando no Juca imperfeitíssimo que eu fora, se eu era apenas uma projeção dela, como ela agora apenas uma projeção de mim, se nos trocáramos por um estúpido engano de amor: mas ao menos que eu ficasse bem ruim, mas bem ruim mesmo outra vez, pra me igualar a ela de novo. Foi a razão da briga com Violeta, impiedosa, e a farra dessa noite – bebedeira tamanha que acabei ficando desacordado, numa série de vertigens, com médico, escândalo, e choro largo de mamãe com minha irmã.

Bom, tinha que visitar Maria, está claro, éramos "gente grande" agora. Quando soube que ela devia ir a um banquete, pensei comigo: "ótimo, vou hoje logo depois de jantar, não encontro ela e deixo o cartão". Mas fui cedo demais. Cheguei na casa dos pais dela, seriam nove horas, todos aqueles requififes de gente ricaça, criado que leva cartão numa salva de prata etc. Os da casa estavam ainda jantando. Me introduziram na saletinha da esquerda, uma espécie de luís-quinze muito sem-vergonha, dourado por inteiro, dando pro hol central. Que fizesse o favor de esperar, já vinham.

Contemplando a gravura cor-de-rosa, senti de supetão que tinha mais alguém na saleta, virei. Maria estava na porta, olhando pra mim, se rindo, toda vestida de preto. Olhem: eu sei que a gente exagera em amor, não insisto. Mas se eu já tive a sensação da vontade de Deus, foi ver Maria assim, toda de preto vestida, fantasticamente mulher. Meu corpo soluçou todinho e tornei a ficar estarrecido.

– Ao menos diga boa-noite, Juca...

"Boa-noite, Maria, eu vou-me embora..." meu desejo era fugir, era ficar e ela ficar mas, sim, sem que nos tocássemos sequer. Eu sei, eu juro que sei que ela estava se entregando a mim, me prometendo tudo, me cedendo tudo quanto eu queria, naquele se deixar olhar, sorrindo leve, mãos unidas caindo na frente do corpo, toda vestida de preto. Um segundo, me passou na visão devorá-la numa hora estilhaçada de quarto de hotel, foi horrível. Porém, não havia dúvida: Maria despertava em mim os instintos da perfeição. Balbuciei afinal um boa-noite muito indiferente, e as vozes amontoadas vinham do hol, dos outros que chegavam.

Foi este o primeiro dos quatro amores eternos que fazem de minha vida uma grave condensação interior. Sou falsamente um solitário. Quatro amores me acompanham, cuidam de mim, vêm conversar comigo. Nunca mais vi Maria, que ficou pelas Europas, divorciada afinal, hoje dizem que vivendo com um austríaco interessado em feiras internacionais. Um aventureiro qualquer. Mas dentro de mim, Maria... bom: acho que vou falar banalidade.

O LADRÃO

São Paulo • 1930 • 1941 • 1944

– *Pega!*

O berro, seria pouco mais de meia-noite, crispou o silêncio no bairro dormido, acordou os de sono mais leve, botando em tudo um arrepio de susto. O rapaz veio na carreira desabalada pela rua.

– Pega!

Nos corpos entreacordados, ainda estremunhando na angústia indecisa, estalou nítida, sangrenta, a consciência do crime horroroso. O rapaz estacara numa estralada de pés forçando pra parar de repente, sacudiu o guarda estatelado:

– Viu ele!

O polícia inda sem nexo, puxando o revólver:

– Viu ele?

– P...!

Não perdeu tempo mais, disparou pela rua, porque lhe parecera ter divisado um vulto correndo na esquina de lá. O guarda ficou sem saber o que fazia, porém, da mesma direção do moço já chegavam mais dois homens correndo. O guarda eletrizado gritou:

– Ajuda! e foi numa volada ambiciosa na cola do rapaz.

– Pega! Pega! os dois perseguidores novos secundaram sem parar. Alcançaram o moço na outra esquina, se informando com um retardatário que só àquelas horas recolhia.

– ... é capaz que deu a volta lá em baixo...

No cortiço, a única janela de frente se abriu, inundando de luz a esquina. O retardatário virou-se para os que chegavam:

– Não! Voltem por aí mesmo! Ele dobrou a esquina lá de baixo! Fique você, moço, vigiando aqui! Seu guarda, vem comigo!

Partiu correndo. Visivelmente era o mais expedito, e o grupo obedeceu, se dividindo na carreira. O rapaz desapontara muito por ter de ficar inativo, ele! justo ele que viera na frente!... No ar umedecido, o frio principiou caindo vagarento. Na janela do cortiço, depois de mandar pra cama o homem que aparecera atrás dela, uma preta, satisfeita de gorda, assuntava. Viu que a porta do 26 rangia com meia luz e os dois Moreiras saíram por ela, afobados, enfiando os paletós. O Alfredinho até derrubou o chapéu, voltou pra pegar, hesitou, acabou tomando a direção do mano.

O guarda com o retardatário já tinham dobrado a esquina lá de baixo. Uma ou outra janela acordava numa cabeça inquieta, entre agasalhos. Também os dois perseguidores que tinham voltado caminho, já dobravam a outra esquina. Mas foi a preta, na calma, quem percebeu que o quarteirão fora cercado.

– Então decerto ele escondeu no quarteirão mesmo.

O rapaz que só esperava um pretexto pra seguir na perseguição, deitou na carreira. Parou.

– A senhora então fique vigiando! Grite se ele vier!

E se atirou na disparada, desprezando escutar o "Eu não! Deus te livre!" da preta, se retirando pra dentro porque não queria história com o cortiço dela, não. Pouco depois dos Moreiras, virada a esquina de baixo, o rapaz alcançou o grupo dos perseguidores, na algazarra. Um dos manos perguntava o que era. E o moço:

– Pegaram!

– Safado... ele...

– Deixa de lero-lero, seu guarda! assim ele escapa!

Aliás fora tudo um minuto. Vinha mais gente chegando.

– O que foi?

– Eu vou na esquina de lá, senão ele escapa outra vez!

– Vá mesmo! Olha, vá com ele, você, pra serem dois. Seu guarda! o senhor é que pode pular no jardim!

– Mas é que...

– Então bata na casa, p...!

O polícia inda hesitou um segundo, mas de repente encorajou:

– Vam'lá!

Foram. Foi todo o grupo, agora umas oito pessoas. Ficou só o velho que já não podia nem respirar da corridinha. Os dois manos, meio irritados com a insignificância deles a que ninguém esclarecera o que havia, ficaram também, castigando os perseguidores com a própria inatividade. Lá no escuro do ser estavam desejando que o ladrão escapasse, só pra o grupo não conseguir nada. Um garoto de rua estava ali rente, se esfregando tremido em todos, abobalhado de frio. Um dos Moreiras se vingou:

– Vai pra casa, guri!... de repente vem um tiro...

– Será que ele atira mesmo! perguntou o baita que chegava.

E o velho:

– Tá claro! Quando o Salvini, aquele um que sufocou a mulher no Bom Retiro, ficou cercado...

Mas de súbito o apito do guarda agarrou trilando nos peitos, em fermatas alucinantes. Todos recuaram, virados pro lado do apito. Várias janelas fecharam.

O grupo estacara em frente de umas casas, quase no meio do quarteirão. Eram dois sobradinhos gêmeos, paredes-meias, na frente e nos lados opostos os canteiros de burguesia difícil. Os perseguidores trocavam palavras propositalmente em voz muito alta. O homem decerto ficava amedrontado com tanta gente... Se entregava, era inútil lutar... Em qual das casas bater? O que vira o fugitivo pular no jardinzinho, quem sabe um dos rapazes guardando a esquina, não estava ali pra indicar. Aliás ninguém pusera reparo em quem falara. Os mais cuidadosos, três, tinham se postado na calçada fronteira, junto ao portão entreaberto, bom pra esconder. Se miraram ressabiados, com um bocado de vergonha. Mas um, sorrindo:

– Tenho família.

– Idem.

– Pode vir alguma bala...

– Eu me armei, por via das dúvidas!

Quase todas as janelas estavam iluminadas, botando um ar de festa inédito na rua. Saía mais gente encapuçada nas portas, coleção morna de pijamas comprados feitos, transbordando pelos capotes mal vestidos. O guarda estava tonto, sustentando posição aos olhos do grupo que dependia dele. Mas lá vinham mais dois polícias correndo. Aí o guarda apitou com entusiasmo e foi pra bater numa das casas. Mas da janela da outra jorrou de chofre no grupo uma luz, todos recuaram. Era uma senhora, ainda se abotoando.

– Que é! que foi que houve, meu Deus!

– Dona, acho que entrou um homem na sua casa que...

– Ai, meu Deus!

– ... a gente veio...

– Nossa Senhora! meus filhos!

Desapareceu na casa. De repente escutou-se um choro horrível de criança lá dentro. Um segundo todos ficaram petrificados. Mas era preciso salvar o menino, e à noção do "menino" um ardor de generosidade inflamou todos. Avançaram, que pedir licença nem nada! uns pulando a gradinha, outros já se ajudando a subir pela janela mesmo, outros forçando a porta.

Que se abriu. A senhora apareceu, visão de pavor, desgrenhada, com as três crianças. A menina, seus oito anos, grudada na saia da mãe, soltava gritos como se a estivessem matando. A decisão foi instantânea, a imagem da desgraça virilizara o grupo. A italiana de uma das casas operárias defronte vira tudo, nem se resguardara: veio no camisolão, abriu com energia passagem pelos homens, agarrou a menina nos braços, escudando-a com os ombros contra tiros possíveis, fugira pra casa. Um dos homens imitando a decidida, agarrara outra criança, e empurrando a senhora com o menorzinho no colo, levara tudo se esconder na casa da italiana. Os outros se dividiram. Barafustaram pela casa aberta, alguns forçaram num átimo a porta vizinha, tudo fácil de abrir, donos em viagem, a casa se iluminou toda. Veio um gritando na janela do sobrado:

– Por trás não fugiu, o muro é alto!

– Ói lá!

Era a mocetona duma das janelas operárias fronteiras, a *vanity-case* de metalzinho esmaltado na mão, largara de se empoar, apontando. Toda a gente parou estarrecida, adivinhando um jeito de se resguardar do facínora. Olharam pra mocetona. Ela apontava no alto, aos gritos. Era no telhado. Um dos cautelosos, não se enxergava bem por causa das árvores, criou coragem, se abaixou e pôde ver. Deu um berro, avisando:

– Está lá!

E veio feito uma bala, atravessando a rua, se resguardar na casa onde empoleirara o ladrão. Os dois comparsas dele o imitaram. As janelas em frente se fecharam rápidas, bateu uma escureza sufocante. E os polícias, o rapaz, todos tinham corrido pra junto do homem que vira, se escondendo com ele, sem saber do quê, de quem, a evidência do perigo independendo já das vontades. Mas logo um dos polícias reagindo, sacudiu o horrorizado, fazendo-o voltar a si, perguntando gritado, com raiva. E a raiva contra o cauteloso dominou o grupo. Ele enfim respondeu:

– Eu também vi... (mal podia falar) no telhado...

– Dissesse logo!

– Está no telhado!

– Vá pra casa, medroso!

– Medroso não!

O rapaz atravessou a rua correndo, pra ver se enxergava ainda. O grupo estourou de novo pelas duas casas adentro.

– Ele não tem pra onde pular!

– Tá coitado!

– Que cuidado! ele que venha!

– Falei "coitado"...

Nos quintais dos fundos mais gente inspecionava o telhado único das casas gêmeas. Não havia por onde fugir. E a caça continuava sanhuda. Os dois sobrados foram esmiuçados, quarto por quarto, não houve guarda-roupa que não abrissem, examinaram tudo. Nada.

– Mas não há nada! um falou.

– Quem sabe se entrou no forro?

– Entrou no forro!

– Tem claraboia?

– Não vi.

– Tem claraboia?

O rapaz, do outro lado da rua, examinara bem. Na parte de frente do telhado, positivamente o homem não estava mais. Algumas janelas se entreabriram de novo, medrosas, riscando luzes nas calçadas.

– Pegaram?

– P...

Mas alguém lhe segurara o braço, virou com defesa

– Meu filho! olhe a sua asma! Deixe, que os outros pegam! Está tão frio!...

O rapaz, deu um desespero nele, a assombração medonha da asma... Foi vestindo maquinalmente o sobretudo que a mãe trouxera.

– Olha!... ah, não é... Também não sei pra que o prefeito põe tanta árvore na rua!

– Mas afinal o quê que foi, hein? perguntavam alguns, chegados tarde demais pra se apaixonarem pelo caso.

– Eu nem não sei!... diz-que estão pegando um ladrão.

– Vamos pra casa, filhinho!...

... aquele fantasma da sufocação, peito chiando noite inteira, nem podia mais nadar... Virou com ódio pro sabetudo:

– Quem lhe contou que é ladrão!

Brotou em todos a esperança de alguma coisa pior.

– O que é, hein?

A pergunta vinha da mulher sem nenhum prazer. O rapaz olhou-a, aquele demônio da asma... deu de ombros, nem respondeu. Ele mesmo nem sabia certo, entrara do trabalho, apenas despira o sobretudo, ainda estava falando com a mãe já na cama, pedindo a benção, quando gritaram "Pega!" na rua. Saíra correndo, vira o guarda não muito longe, um vulto que fugia, fora ajudar. Mas aquele demônio medonho da asma... O anulou uma desesperança rancorosa. Entre os dentes:

– Desgraçado...

Foi-se embora. De raiva. A mãe mal o pôde seguir, quase correndo, feliz! feliz por ganhar o filho àquela morte certa.

Agora a maioria dos perseguidos saíra na rua. Nem no interior do telhado encontraram o homem. Como fazer!

– Ficou gente no quintal, vigiando?

– Chi! tem pra uns dez decididos lá!

Era preciso calma. Lá na janela da mocetona operária começara uma bulha desgraçada. Os irmãos mais novos estavam dando um baile nela, primeiro insultando, depois caçoando que ela nem não tinha visto nada, só medo. Ela jurava que sim, se apoiava no medroso que enxergara também, mas ele não estava mais ali, tinha ido embora, danado de o chamarem medroso, esses bestas! A mocetona gesticulava, com o metalzinho da *vanity-case* brilhando no ar. Afinal acabou atirando com a caixinha bem na cara do irmão próximo e feriu. Veio a mãe, veio o pai, precisou vir mais gente, que os irmãos cegados com a gota de sangue queriam massacrar a mocetona.

Organizou-se uma batida em regra, eram uns vinte. As demais casas vizinhas estavam sendo varejadas também, quem sabe... Alguns foram-se embora que tinha muita gente, não eram necessários mais. Mas paravam pelas janelas, pelas portas, respondendo. Nascia aquela vontade de conversar, de comentar, lembrar casos. Era como se se conhecessem de sempre.

– Te lembra, João, aquele bebo no boteco da...

– Nem me!...

Não encontraram nada nas casas e todos vieram saindo para as calçadas outra vez. Ninguém desanimara, no entanto. Apenas despertara em todos uma vontade de alívio, todos certos que o ladrão fugira, estava longe, não havia mais perigo pra ninguém.

O guarda conversava pabulagem, bem distraído num grupo, do outro lado da rua. Veio chegando, era a vergonha do quarteirão, a mulher do português das galinhas. Era uma rica, linda com aqueles beiços largos, enquanto o Fernandes quarentão lá partia no forde passar três, quatro dias na granja de Santo André. Ela, quem disse ir com ele! Chegava o entregador da *Noite*, batia, entrava. Ela fazia questão de não ter criada, comiam de pensão, tão rica! Vinha o mulato da marmita, pois entrava! E depois diz-que vivia sempre com doença, chamando cada vez era um médico novo, desses que ainda não têm automóvel. Até o padeirinho da tarde, que tinha só... quinze? dezesseis anos? entrava, ficava tempo lá dentro.

O jornaleiro negava zangado, que era só pra conversar, senhora boa, mas o entregadorzinho do pão não dizia nada, ficava se rindo, com sangue até nos olhos, de vergonha gostosa.

Foi um silêncio carregado, no grupo, assim que ela chegou. As duas operárias honestas se retiraram com fragor, facilitando os homens. Se espalhou um cheiro por todos, cheiro de cama quente, corpo ardente e perfumado recendente. Todos ficaram que até a noite perdera a umidade gélida. De-fato, a neblininha se erguera, e a cada uma janela que fechava, vinha pratear mais forte os paralelepípedos uma calma elevada de lua.

Vários grupos já não tinham coesão possível, bastante gente ia dormir. Por uma das janelas agora, pouco além das duas casas, se via um moço magro, de cabelo frio escorrendo, num pijama azul, perdido o sono, repetindo o violino. Tocava uma valsa que era boa, deixando aquele gosto da tristeza no ar.

Nisto a senhora não pudera mais consigo, muito inquieta com a casa aberta em que tantas pessoas tinham entrado, apareceu na porta da italiana. Esta insistia com a outra pra ficar dormindo com ela, a senhora hesitava, precisava ir ver a casa, mas tinha medo, sofria muito, olhos molhados sem querer.

A conversa vantajosa do grupo da portuguesa parou com a visão triste. E o guarda, sem saber que era mesmo ditado pela portuguesa, heroico se sacrificou. Destacou-se do grupo insaciável, foi acompanhar a senhora (a portuguesa bem que o estaria admirando) foi ajudar a senhora mais a italiana a fechar tudo. Até não havia necessidade dela dormir na casa da outra, ele ficava guardando, não arredava pé. E sem querer, dominado pelos desejos, virou a cara, olhou lá do outro lado da calçada a portuguesa fácil. Talvez ela ficasse ali conversando com ele, primeiro só conversando, até de-manhã...

Alguns dos perseguidores, agrupados na porta da casa, tinham se esquecido, naquela conversa apaixonada, o futebol do sábado. Se afastaram, deixando a dona entrar com o guarda. Olharam-na com piedade mas sorrindo, animando a coitada. Nisto chegou com estalidos seu Nitinho e tudo se resolveu. Seu Nitinho era compadre da senhora, muito amigo da família, morava duas quadras longe. Viera logo com a espingarda passarinheira dos domingos, proteger a comadre. Dormiria na casa também, ela podia ficar no seu bem-bom com os filhinhos, salva com a proteção. E a senhora, mais confiante, entrou na casa.

– É, não há nada.

Foi um alívio em todos. A italiana já trazia as crianças, se rindo, falando alto, gesticulando muito, insistindo na oferta do leite. Mas a senhora tinha suficiente leite em casa, também. Pois a italiana assim mesmo conseguiu vencer a reserva da outra, e invadiu a cozinha, preparando um café. A lembrança do café animou todos. Os perseguidores se convidaram logo, com felicidade. Só o pobre do guarda, mais uma vez sacrificado, não pôde com o sexo, foi se reunir ao grupo da portuguesa.

Eis que a valsa triste acabou. Mas da sombra das árvores em frente, umas quatro ou cinco pessoas, paralisadas pela magnitude da música, tinham, por alegria, só por pândega, pra desopilar, pra acabar com aquela angústia miúda que ficara, nem sabiam! tinham... enfim, pra fazer com que a vida fosse engraçada um segundo, tinham arrebentado em aplausos e bravos. E todos, com os aplausos, todos, o grupo da portuguesa, a mocetona com os manos já mansos, os perseguidores da porta, dois ou três mais longe, todos desataram na risada. Foi aquela risada imensa pela rua. E aplaudiram também. Só o violinista não riu. Era a primeira consagração. E o peitinho curto dele até parou de bater.

Soaram duas horas num relógio de parede. Os que tinham relógio, consultaram. Um galo cantou. O canto firme lavou o ar e abriu o orfeão de toda a galaria do bairro, uma bulha encarnada radiando no céu lunar. O violinista reiniciara a valsa, porque tinham ido pedir mais música a ele. Mas o violino, bem correto, só sabia aquela valsa mesmo. E a valsa dançava queixosa outra vez, enchendo os corações.

– Eu! numa varsa dessa, mulher comigo, eu que mando!

E olhou a portuguesa bem nos olhos. Ela baixou os dela, puros, umedecendo os lábios devagar. Os outros ficaram com ódio da declaração do guarda lindo, bem-arranjado na farda. Se sentiram humilhados nos pijamas reles, nos capotes mal vestidos, nos rostos sujos de cama. Todos, acintosamente, por delicadeza, ocultando nas mãos cruzadas ou enfiadas nos bolsos, a indiscrição dos corpos. A portuguesa, em êxtase, divinizada, assim violentada altas horas, por sete homens, traindo pela primeira vez, sem querer, violentada, o marido da granja.

Na porta da casa, a italiana triunfante distribuía o café. Um momento hesitou, olhando o guarda do outro lado da rua. Mas nisto fagulhou uma risadinha em todos lá no grupo, decerto alguma piada sem-vergonha, não! não dava café ao guarda! Pegou na última xícara, atravessou teatralmente a rua olhando o guarda, ele ainda imaginou que a xícara era pra ele. E a italiana entrou na casa dela, levando o café para o marido na cama, dormindo porque levantava às quatro, com o trabalho em Pirituba.

Foi um primeiro malestar no grupo da portuguesa: todos ficaram com vontade de beber um café bem quentinho. Se ela convidasse... Ela bem queria mas não achava razão. O guarda se irritou, qual! não tinha futuro! assim com tanta gente ali... Perdera o café. Ainda inventou ir até a casa, saber se a senhora não precisava de nada. Mas a italiana olhara pra ele com tanta ofensa, a xícara bem agarrada na mão, que um pudor o esmagou. Ficou esmagado, desgostoso de si, com um princípio de raiva da portuguesa. De raiva, deu um trilo no apito e se foi, rondando os seus domínios.

Os perseguidores tinham bebido o café, já agora perfeitamente repostos em suas consciências. Lhes coçava um pouco de vergonha na pele, tinham perseguido quem?... Mas ninguém não sabia. Uns tinham ido atrás dos outros, levados pelos outros, seria ladrão?...

– Bem, vou chegando.

– É. Não tem mais nada.

Boa-noite, boa-noite...

E tudo se dispersou. Ainda dois mais corajosos acompanharam a portuguesa até a porta dela, na esperança nem sabiam do quê. Se despediram delicados, conhecedores de regras, se contando os nomes próprios, seu criado. Ela, fechada a porta, perdidos os últimos passos além, se apoiou no batente, engolindo silêncio. Ainda viria algum, pegava nela, agarrava... Amarrou violentamente o corpo nos braços, duas lágrimas rolaram insuspeitas. Foi deitar sem ninguém.

A rua estava de novo quase morta, janelas fechadas. A valsa acabara o bis. Sem ninguém. Só o violinista estava ali, fumando, fumegando muito, olhando sem ver, totalmente desamparado, sem nenhum sono, agarrado a não sei que esperança de que alguém, uma garota linda, um fotógrafo, um milionário disfarçado, lhe pedisse pra tocar mais uma vez. Acabou fechando a janela também.

Lá na outra esquina do outro quarteirão, ficara um último grupinho de três, conversando. Mas é que lá passava bonde.

PRIMEIRO DE MAIO

1934 • 1935 • [1942?]

No grande dia Primeiro de Maio, não eram bem seis horas e já o 35 pulara da cama, afobado. Estava muito bem-disposto, até alegre, ele bem afirmara aos companheiros da Estação da Luz que queria celebrar e havia de celebrar. Os outros carregadores mais idosos meio que tinham caçoado do bobo, viesse trabalhar que era melhor, trabalho deles não tinha feriado. Mas o 35 retrucara com altivez que não, não carregava mala de ninguém, havia de celebrar o dia deles. E agora tinha o grande dia pela frente.

Dia dele... Primeiro quis tomar um banho pra ficar bem digno de existir. A água estava gelada, ridente, celebrando, e abrira um sol enorme e frio lá fora. Depois fez a barba. Barba era aquela penuginha meia loura, mas foi assim mesmo buscar a navalha dos sábados, herdada do pai, e se barbeou. Foi se barbeando. Nu só da cintura pra cima por causa da mamãe por ali, de vez em quando a distância mais aberta do espelhinho refletia os músculos violentos dele, desenvolvidos desarmoniosamente nos braços, na peitaria, no cangote, pelo esforço cotidiano de carregar peso. O 35 tinha um ar glorioso e estúpido. Porém ele se agradava daqueles músculos intempestivos, fazendo a barba.

Ia devagar porque estava matutando. Era a esperança dum turumbamba macota, em que ele desse uns socos formidáveis nas fuças dos polícias. Não teria raiva especial dos polícias, era apenas a ressonância vaga daquele dia. Com seus vinte anos fáceis, o 35 sabia, mais da leitura dos jornais que de experiência, que o proletariado era uma classe oprimida. E os jornais tinham anunciado que se esperava grandes "motins" do Primeiro de Maio, em Paris, em Cuba, no Chile, em Madri.

O 35 apressou a navalha de puro amor. Era em Madri, no Chile que ele não tinha bem lembrança se ficava na América mesmo, era a gente dele... Uma piedade, um beijo lhe saía do corpo todo, feito proteção sadia de macho, ia parar em terras não sabidas, mas era a gente dele, defender, combater, vencer... Comunismo?... Sim, talvez fosse isso. Mas o 35 não sabia bem direito, ficava atordoado com as notícias, os jornais falavam tanta coisa, faziam tamanha misturada de Rússia, só sublime ou só horrenda, e o 35 infantil estava por demais machucado pela experiência pra não desconfiar, o 35 desconfiava. Preferia o turumbamba porque não tinha medo de ninguém, nem do Carnera, ah, um soco bem nas fuças dum polícia... A navalha apressou o passo outra vez. Mas de repente o 35 não imaginou mais em nada por causa daquele bigodinho de cinema que era a melhor preciosidade de todo o seu ser. Lembrou aquela moça do apartamento, é verdade, nunca mais tinha passado lá pra ver se ela queria outra vez, safada! Riu.

Afinal o 35 saiu, estava lindo. Com a roupa preta de luxo, um nó errado na gravata verde com listinhas brancas e aqueles admiráveis sapatos de pelica amarela que não pudera sem comprar. O verde da gravata, o amarelo dos sapatos, bandeira brasileira, tempos de grupo escolar... E o 35 se comoveu num hausto forte, querendo bem o seu imenso Brasil, imenso colosso gigan-ante, foi andando depressa, assobiando. Mas parou de supetão e se orientou assustado. O caminho não era aquele, aquele era o caminho do trabalho.

Uma indecisão indiscreta o tornou consciente de novo que era o Primeiro de Maio, ele estava celebrando e não tinha o que fazer. Bom, primeiro decidiu ir na cidade pra assuntar alguma coisa. Mas podia seguir por aquela direção mesmo, era uma volta, mas assim passava na Estação da Luz dar um bom-dia festivo aos companheiros trabalhadores. Chegou lá, gesticulou o bom-dia festivo, mas não gostou porque os outros riram dele, bestas. Só que em seguida não encontrou nada na cidade, tudo fechado por causa do grande dia Primeiro de Maio. Pouca gente na rua. Deviam de estar almoçando já, pra chegar cedo no maravilhoso jogo de futebol escolhido pra celebrar o grande dia. Tinha mas era muito polícia, polícia em qualquer esquina, em qualquer porta cerrada de bar e de café, nas joalherias, quem pensava em roubar! nos bancos, nas casas de loteria. O 35 teve raiva dos polícias outra vez.

E como não encontrasse mesmo um conhecido, comprou o jornal pra saber. Lembrou de entrar num café, tomar por certo uma média, lendo. Mas a maioria dos cafés estavam de porta cerrada e o 35 mesmo achou que era preferível economizar dinheiro por enquanto, porque ninguém não sabia o que estava pra suceder. O mais prático era um banco de jardim, com aquele sol maravilhoso. Nuvens? umas nuvenzinhas brancas, ondulando no ar feliz. Insensivelmente o 35 foi se encaminhando de novo para os lados do Jardim da Luz. Eram os lados que ele conhecia, os lados em que trabalhava e se entendia mais. De repente lembrou que ali mesmo na cidade tinha banco mais perto, nos jardins do Anhangabaú. Mas o Jardim da Luz ele entendia mais. Imaginou que a preferência vinha do Jardim da Luz ser mais bonito, estava celebrando. E continuou no passo em férias.

Ao atravessar a estação achou de novo a companheirada trabalhando. Aquilo deu um malestar fundo nele, espécie não sabia bem, de arrependimento, talvez irritação dos companheiros, não sabia. Nem quereria nunca decidir o que estava sentindo já... Mas disfarçou bem, passando sem parar, se dando por afobado, virando pra trás com o braço ameaçador, "Vocês vão ver!"... Mas um riso aqui, outro riso acolá, uma frase longe, os carregadores companheiros, era tão amigo deles, estavam caçoando. O 35 se sentiu bobo, era impossível recusar, envilecido. Odiou os camaradas.

Andou mais depressa, entrou no jardim em frente, o primeiro banco era a salvação, sentou. Mas dali algum companheiro podia divisar ele e caçoar mais, teve raiva. Foi lá no fundo do jardim campear banco escondido. Já passavam negras disponíveis por ali. E o 35 teve uma ideia muito não pensada, recusada, de que ele também estava uma espécie de negra disponível, assim. Mas não estava não, estava celebrando, não podia nunca acreditar que estivesse disponível e não acreditou. Abriu o jornal. Havia logo um artigo muito bonito, bem pequeno, falando na nobreza do trabalho, nos operários que eram também os "operários da nação", é isso mesmo! O 35 se orgulhou todo comovido. Se pedissem pra ele matar, ele matava, roubava, trabalhava grátis, tomado dum sublime desejo de fraternidade, todos os seres juntos, todos bons... Depois vinham as notícias. Se esperava "grandes motins" em Paris, deu uma raiva tal no 35. E ele ficou todo fremente, quase sem respirar, desejando "motins" (devia ser turumbamba) na sua desmesurada força física, ah, as fuças de algum... polícia? polícia. Pelo menos os safados dos polícias.

Pois estava escrito em cima do jornal: em São Paulo a Polícia proibira comícios na rua e passeatas, embora se falasse vagamente em motins de-tarde no Largo da Sé. Mas a polícia já tomara todas as providências, até metralhadoras, estava em cima do jornal, nos arranhacéus, escondidas, o 35 sentiu um frio. O sol brilhante queimava, banco na sombra? Mas não tinha, que a Prefeitura, pra evitar safadez dos namorados, punha os bancos só bem no sol. E ainda por cima era aquela imensidade de guardas e polícias vigiando que nem bem a gente punha a mão no pescocinho dela, trilo. Mas a Polícia permitira a grande reunião proletária, com discurso do ilustre Secretário do Trabalho, no magnífico pátio interno do Palácio das Indústrias, lugar fechado! A sensação foi claramente péssima. Não era medo, mas por que que a gente havia de ficar encurralado assim! É! é pra eles depois poderem cair em cima da gente, (palavrão)! Não vou! não sou besta! Quer dizer: vou sim! desaforo! (palavrão), socos, uma visão tumultuária, rolando no chão, se machucava mas não fazia mal, saíam todos enfurecidos do Palácio das Indústrias, pegavam fogo no Palácio das Indústrias, não! a indústria é a gente, "operários da nação", pegavam fogo na igreja de São Bento mais próxima que era tão linda por "drento", mas pra que pegar fogo em nada! (O 35 chegara até a primeira comunhão em menino...), é melhor a gente não pegar fogo em nada; vamos no Palácio do Governo, exigimos tudo do Governo, vamos com o general da Região Militar, deve ser gaúcho, gaúcho só dá é farda, pegamos fogo no palácio dele. Pronto. Isso o 35 consentiu, não porque o tingisse o menor separatismo (e o aprendido no grupo escolar?) mas nutria sempre uma espécie de despeito por São Paulo ter perdido na revolução de 32. Sensação aliás quase de esporte, questão de Palestra-Coríntians, cabeça inchada, porque não vê que ele havia de se matar por causa de uma besta de revolução diz-que democrática, vão "eles"!... Se fosse o Primeiro de Maio, pelo menos... O 35 mal percebeu que se regava todo por "drento" dum espírito generoso de sacrifício. Estava outra vez enormemente piedoso, morreria sorrindo, morrer... Teve uma nítida, envergonhada sensação de pena. Morrer assim tão lindo, tão moço. A moça do apartamento...

Salvou-se lendo com pressa, oh! os deputados trabalhistas chegavam agora às nove horas, e o jornal convidavam (sic) o povo pra ir na Estação do Norte (a estação rival, desapontou) pra receber os grandes homens. Se levantou mandado, procurou o relógio da torre da Estação da Luz, ora! não dava mais tempo! quem sabe se dá!

Foi correndo, estava celebrando, raspou distraído o sapato lindo na beirada de tijolo do canteiro, (palavrão), parou botando um pouco de guspe no raspão, depois engraxo, tomou o bonde pra cidade, mas dando uma voltinha pra não passar pelos companheiros da Estação. Que alvoroço por dentro, ainda havia de aplaudir os homens. Tomou o outro bonde pro Brás. Não dava mais tempo, ele percebia, eram quase nove horas quando chegou na cidade, ao passar pelo Palácio das Indústrias, o relógio da torre indicava nove e dez, mas o trem da Central sempre atrasa, quem sabe? bom: às quatorze horas venho aqui, não perco, mas devo ir, são nossos deputados no tal de congresso, devo ir. Os jornais não falavam nada dos trabalhistas, só falavam dum que insultava muito a religião e exigia divórcio, o divórcio o 35 achava necessário (a moça do apartamento...), mas os jornais contavam que toda a gente achava graça no homenzinho, "Vós, burgueses", e toda a gente, os jornais contavam, acabaram se rindo do tal de deputado. E o 35 acabou não achando mais graça nele. Teve até raiva do tal, um soco é que merecia. E agora estava quase torcendo pra não chegar com tempo na estação.

Chegou tarde. Quase nada tarde, eram apenas nove e quinze. Pois não havia mais nada, não tinha aquela multidão que ele esperava, parecia tudo normal. Conhecia alguns carregadores dali também e foi perguntar. Não, não tinham reparado nada, decerto foi aquele grupinho que parou na porta da estação, tirando fotografia. Aí outro carregador conferiu que eram os deputados sim, porque tinham tomado aqueles dois sublimes automóveis oficiais. Nada feito.

Ao chegar na esquina o 35 parou pra tomar o bonde, mas vários bondes passaram. Era apenas um moço bem-vestidinho, decerto à procura de emprego por aí, olhando a rua. Mas de repente sentiu fome e se reachou. Havia por dentro, por "drento" dele um desabalar neblinoso de ilusões, de entusiasmo e uns raios fortes de remorso. Estava tão desgradável, estava quase infeliz... Mas como perceber tudo isso se ele precisava não perceber!... O 35 percebeu que era fome.

Decidiu ir a-pé pra casa, foi a-pé, longe, fazendo um esforço penoso para achar interesse no dia. Estava era com fome, comendo aquilo passava. Tudo deserto, era por ser feriado, Primeiro de

Maio. Os companheiros estavam trabalhando, de vez em quando um carrego, o mais eram conversas divertidas, mulheres de passagem, comentadas, piadas grossas com as mulatas do jardim, mas só as bem limpas mais caras, que ele ganhava bem, todos simpatizavam logo com ele, ora por que que hoje me deu de lembrar aquela moça do apartamento!... Também: moça morando sozinha é no que dá. Em todo caso, pra acabar o dia era uma ideia ir lá, com que pretexto?... Devia ter ido em Santos, no piquenique da Mobiliadora, doze paus convite, mas o Primeiro de Maio... Recusara, recusara repetindo o "não" de repente com raiva, muito interrogativo, se achando esquisito daquela raiva que lhe dera. Então conseguiu imaginar que esse piquenique monstro, aquele jogo de futebol que apaixonava eles todos, assim não ficava ninguém pra celebrar o Primeiro de Maio, sentiu-se muito triste, desamparado. É melhor tomo por esta rua. Isso o 35 percebeu claro, insofismável que não era melhor, ficava bem mais longe. Ara, que tem! Agora ele não podia se confessar mais que era pra não passar na Estação da Luz e os companheiros não rirem dele outra vez. E deu a volta, deu com o coração cerrado de angústia indizível, com um vento enorme de todo o ser assoprando ele pra junto dos companheiros, ficar lá na conversa, quem sabe? trabalhar... E quando a mãe lhe pôs aquela esplêndida macarronada celebrante sobre a mesa, o 35 foi pra se queixar "Estou sem fome, mãe". Mas a voz lhe morreu na garganta.

Não eram bem treze horas e já o 35 desembocava no parque Pedro II outra vez, à vista do Palácio das Indústrias. Esfava inquieto mas modorrento, que diabo de sol pesado que acaba com a gente, era por causa do sol. Não podia mais se recusar o estado de infelicidade, a solidão enorme, sentida com vigor. Por sinal que o parque já se mexia bem agitado. Dezenas de operários, se via, eram operários endomingados, vagueavam por ali, indecisos, ar de quem não quer. Então nas proximidades do palácio, os grupos se apinhavam, conversando baixo, com melancolia de conspiração. Polícias por todo lado.

O 35 topou com o 486, grilo quase amigo, que policiava na Estação da Luz. O 486 achara jeito de não trabalhar aquele dia porque se pensava anarquista, mas no fundo era covarde. Conversaram um pouco de entusiasmo semostradeiro, um pouco de Primeiro de Maio, um pouco de "motins". O 486 era muito valentão de boca, o 35 pensou. Pararam bem na frente do Palácio das Indústrias que fagulhava de gente nas sacadas, se via que não eram operários, decerto os deputados trabalhistas, havia até moças, se via que eram distintas, todos olhando para o lado do parque onde eles estavam.

Foi uma nova sensação tão desagradável que ele deu de andar quase fugindo, polícias, centenas de polícias, moderou o passo como quem passeia. Nas ruas que davam pro parque tinha cavalarias aos grupos, cinco, seis, escondidos na esquina, querendo a discrição não ostentar força e ostentando. Os grilos ainda não faziam mal, são uns (palavrão)! O palácio dava ideia duma fortaleza enfeitada, entrar lá drento, eu!... O 486 então, exaltadíssimo, descrevia coisas piores, massacres horrendos de "proletários" lá dentro, descrevia tudo com a visibilidade dos medrosos, o pátio fechado, dez mil proletários no pátio e os polícias lá em cima nas janelas, fazendo pontaria na maciota.

Mas foi só quando aqueles três homens bem-vestidos, se via que não eram operários, se dirigindo aos grupos vagueantes, falaram pra eles em voz alta: "Podem entrar! não tenham vergonha! podem entrar!" com voz de mandando assim na gente... O 35 sentiu um medo franco. Entrar ele! Fez como os outros operários: era impossível assim soltos, desobedecer aos três homens bem-vestidos, com voz mandando, se via que não eram operários. Foram todos obedecendo, se aproximando das escadarias, mas o maior número, longe da vista dos três homens, torcia caminho, iam se espalhar pelas outras alamedas do parque, mais longe.

Esses movimentos coletivos de recusa acordaram a covardia do 35. Não era medo, que ele se sentia fortíssimo, era pânico. Era um puxar unânime, uma fraternidade, era carícia dolorosa por todos aqueles companheiros fortes tão fracos que estavam ali também pra... pra celebrar? pra... O 35 não sabia mais pra quê. Mas o palácio era grandioso por demais com as torres e as esculturas, mas aquela porção de gente bem-vestida nas sacadas enxergando eles (teve a intuição violenta de que estava ridiculamente vestido), mas o enclausuramento na casa fechada, sem espaço de liberdade, sem ruas abertas pra avançar, pra correr dos cavalarias, pra brigar... E os polícias na maciota, encarapitados nas janelas, dormindo na pontaria, teve ódio do 486, idiota medroso! De repente o 35 pensou que ele era moço, precisava se sacrificar: se fizesse um modo bem visível de entrar sem medo no palácio, todos haviam de seguir o exemplo dele. Pensou, não fez. Estava tão opresso, se desfibrara tão rebaixado naquela mascarada de socialismo, naquela desorganização trágica, o 35 ficou desolado duma vez. Tinha piedade, tinha amor, tinha fraternidade, e era só. Era uma sarça ardente, mas era sentimento só. Um sentimento profundíssimo, queimando, maravilhoso, mas desamparado, mas desamparado. Nisto vieram uns cavalarias, falando garantidos:

– Aqui ninguém não fica não! a festa é lá dentro, me'rmão! no parque ninguém não para não!

Cabeças-chatas... E os grupos deram de andar outra vez, de cá para lá, riscando no parque vasto, com vontade, com medo, falando baixinho, mastigando incerteza. Deu um ódio tal no 35, um desespero tamanho, passava um bonde, correu, tomou o bonde sem se despedir do 486, com ódio do 486, com ódio do Primeiro de Maio, quase com ódio de viver.

O bonde subia para o centro mais uma vez. Os relógios marcavam quatorze horas, decerto a celebração estava principiando, quis voltar, dava muito tempo, três minutos pra descer a ladeira, teve fome. Não é que tivesse fome, porém o 35 carecia de arranjar uma ocupação senão arrebentava. E ficou parado assim, mais de uma hora, mais de duas horas, no Largo da Sé, diz-que olhando a multidão.

Acabara por completo a angústia. Não pensava, não sentia mais nada. Uma vagueza cruciante, nem bem sentida, nem bem vivida, inexistência fraudulenta, cínica, enquanto o Primeiro de Maio passava. A mulher de encarnado foi apenas o que lhe trouxe de novo à lembrança a moça do apartamento, mas nunca que ele fosse até lá, não havia pretexto, na certa que ela não estava sozinha. Nada. Havia uma paz, que paz sem cor por "drento"...

Pelas dezessete horas era fome, agora sim, era fome. Reconheceu que não almoçara quase nada, era fome, e principiou enxergando o mundo outra vez. A multidão já se esvaziava, desapontada, porque não houvera nem uma briguinha, nem uma correria no Largo da Sé, como se esperava. Tinha claros bem largos, onde os grupos dos polícias resplandeciam mais. As outras ruas do centro, essas então quase totalmente desertas. Os cafés, já sabe, tinham fechado, com o pretexto magnânimo de dar feriado aos seus "proletários" também.

E o 35 inerme, passivo, tão criança, tão já experiente da vida, não cultivou vaidade mais: foi se dirigindo num passo arrastado para a Estação da Luz, pra os companheiros dele, esse era o domínio dele. Lá no bairro os cafés continuavam abertos, entrou num, tomou duas médias, comeu bastante pão com manteiga, exigiu mais manteiga, tinha um fraco por manteiga, não se amolava de pagar o excedente, gastou dinheiro, queria gastar dinheiro, queria perceber que estava gastando dinheiro, comprou uma maçã bem rubra, oitocentão! foi comendo com prazer até os companheiros. Eles se ajuntaram, agora sérios, curiosos, meio inquietos, perguntando pra ele. Teve um instinto voluptuoso de mentir, contar como fora a celebração, se enfeitar, mas fez um gesto só, (palavrão) cuspindo um muxoxo de desdém pra tudo.

Chegava um trem e os carregadores se dispersaram, agora rivais, colhendo carregos em porfia. O 35 encostou na parede, indiferente, catando com dentadinhas cuidadosas os restos da maçã, junto aos caroços. Sentia-se cômodo, tudo era conhecido velho, os choferes, os viajantes. Surgiu um farrancho que chamou o 22. Foram subir no automóvel mas afinal, depois de muita gritaria, acabaram reconhecendo que tudo não cabia no carro. Era a mãe, eram as duas velhas, cinco meninos repartidos pelos colos e o marido. Tudo falando: "Assim não serve não! As malas não vão não!" aí o chofer garantiu enérgico que as malas não levava, mas as maletas elas "não largaram não", só as malas grandes que eram quatro. Deixaram elas com o 22, gritaram a direção e partiram na gritaria. Mais cabeça-chata, o 35 imaginou com muita aceitação.

O 22 era velhote. Ficou na beira da calçada com aquelas quatro malas pesadíssimas, preparou a correia, mas coçou a cabeça.

– Deixa que te ajudo, chegou o 35.

e foi logo escolhendo as duas malas maiores, que ergueu numa só mão, num esforço satisfeito de músculos. O 22 olhou pra ele, feroz, imaginando que o 35 propunha rachar o ganho. Mas o 35 deu um soco só de pândega no velhote, que estremeceu socado e cambaleou três passos. Caíram na risada os dois. Foram andando.

ATRÁS DA CATEDRAL DE RUÃO

1927 • 1943 • 1944

Às vezes, até mesmo com pessoas presentes, lhe acontecia aquela sensação "afrosa", como diriam as meninas, na meia-língua franco-brasileira que se davam agora por divertimento. E as duas garotas pararam a leitura, percebendo a quarentona estremecer. Se entreolharam. Alba perguntou, meia curiosa mas também já meia irônica por causa das manias da professora:

- Est-ce que vous avez froid par cette chaleur?...[1]

- Non, ma chère enfant, je...[2]

Hesitava, iniciando uma daquelas reticências que punham sempre as três tão fogosamente na proximidade do perigo. Lúcia ajudou, tomando ar maternal:

- Voulez-vous quelque chose?[3]

- Non! non! non!... je... il faut bien que je vous fasse une confidence, mes petites amies, ah! ah! ah!...[4]

E ria numa das suas risadas atuais, completamente falsas, corando com volúpia nas faces pálidas, sem rouge, a que a camada vasta do pó-de-arroz não disfarçava mais o desgaste. Era o jeito

1. – Será que a senhora está com frio nesse calor?...

2. – Não, minha querida, eu...

3. – A senhora quer alguma coisa?

4. – Não! não! não!... eu... é preciso que eu faça uma confidência a vocês, minhas amiguinhas, ah! ah! ah!...

que tinha de não dar nenhuma importância ao que as três pressentiam ser importantíssimo. Afinal pôde continuar, entre confusa e misteriosa, dando de ombros:

- Il y a des jours où je sens à tout moment qu'un... "personnage" me frôle![5]

E acentuava o "personnage", que repetia sempre num nojo despeitado. Mas Lúcia:

- Ça vous fait mal![6]

- "Mâle", ma chère enfant, "mâ-le". N'égratignez pas vos mots comme ça. "Mâ-le".[7]

Mas logo um gritinho de surpresa:

- Oh! je vous demande pardon, Lúcia! Je me suis trompée de lisière! Vous avez parlé du Bien et du Mal, j'ai pensé que vous parliez du maléfice des hommes, ah! ah! ah!...[8]

E ria bem-aventurada.

Dona Lúcia se acaso soubesse o que estava se passando agora, decerto não retomava Mademoiselle para professora das filhas. Fora mais longe: na caridade viciosa a que transportara a sua pobre vida cortada, fizera da solteirona uma espécie de dama-de--companhia das filhas. Lúcia e Alba estavam quase moças, dezesseis e quinze anos desenvoltos, que a viagem desbastara demais,

5. – Há dias em que eu sinto o tempo todo que um... "personagem" se encosta em mim!

6. – Isso faz mal à senhora!

7. – "Macho", minha querida menina, "ma-cho". Não deturpe as palavras assim. "Ma-cho". (*Há um jogo de palavras em francês entre "mâle" e "mal", cuja pronúncia é quase idêntica, embora possa haver, na primeira, ênfase no "â".*)

8. – Oh! me perdoe, Lúcia. Eu confundi as coisas! Você falou do Bem e do Mal, eu pensei que falasse do malefício dos homens, ah! ah! ah!...

jogadas de criada em criada, de colégio em colégio, de língua em língua, de esporte em esporte. Seria injusto afirmar que sabiam tudo e mesmo ignoravam coisas primárias, fáceis de saber, mas que nunca as surpreenderam naquele aprendizado da malícia, feito ao léu do acaso. Mas isso elas compensavam por um saber em excesso de coisas imaginosas e irrealizáveis, que ficaríamos bem estomagados de saber, nós, usadores do mundo.

Além do inglês e do alemão em que Mademoiselle nem de longe podia agora competir com elas, voltavam falando um francês bem mais moderno e leal que o da professora, estagnada no ensino e nas suas metáforas suspeitas. "N'égratignez pas les mots comme ça!",[9] Mademoiselle vinha com irritação, ciosa da sua pronúncia. Ou, no horror incontrolável aos cotovelos, saltava: "Effacez vos coudes, mon enfant!"[10] E agora mais que nunca ela "se trompait de lisière"[11] – o que tinha uma história. Não vê que desde a infância Mademoiselle cantava uma canção antiga em que Lisette, indo em busca da primeira "paquerette"[12] da primavera, topa com um cavaleiro na lisière du bois.[13] Está claro que o cavaleiro tomava Lisette na garupa e sucedia ser um príncipe trali-lan-lère, trali-lan-la.[14] Mademoiselle já tinha trinta anos feitos no Brasil, quando naquela vida mesquinha de lições e pão incerto, principiou se inquietando com a "paquerette"[15] que ela estava desleixando de colher na primavera. Preocupação não muito grande, porque ela

9. "Não deturpe as palavras assim!"

10. "Encolha os cotovelos, menina!"

11. "confundia as coisas"

12. "margarida"

13. na beira do bosque.

14. *Onomatopeia maliciosa.*

15. "margarida"

ainda se sentia moça na higiene excessiva do corpo e a blusinha professoral, alvíssima, cheia de rendas crespas. Um dia porém, sem querer, cantarolando a sua canção, no momento em que alcançou a lisière,[16] Lisette parou sufocada, sem poder mais cantar. O que houve? o que não houve? Mademoiselle ficara assim, boca no ar, olhos assombrados, na convulsão duma angústia horrível. Nem podia respirar. Quando pôde respirou fundo, era mais um suspiro que respiro, e não se compreendeu. Naquele tempo ainda não podia "se sentir muito freudiana, hoje", como as meninas vieram da Europa falando. Mademoiselle apenas não se compreendeu. Porém nunca mais que se lembrou da canção, nunca mais que a cantou. Poucos dias depois ela principiava a "se tromper de lisière"[17] a cada confusão que fazia. E eram muitas as confusões.

Das melhores fora aquela quando se encontraram todas em Paris, porque Mademoiselle, cheia de apreensões, emprestara um dinheiro e partira na esperança de dizer o último adeus à mãe cardíaca. Mademoiselle chegou agitadíssima no palace, foi sentando esbaforida, "oh, mes enfants!",[18] esquecida até das alegrias do encontro. É que estava no hol do seu hotelzinho quando entrou um homem de cartola, cavanhaque, fraque, óculos escuros, o cavanhaque era pointu, pointu! Je me suis dit: Ce personnage vient tuer quelq'un. Il monta au salon, pas une minute ne s'était passée, nous entendîmes les cinq coups du pistolet. Dans le ventre![19] E se auxiliou desvairada do gesto homicida: "Poum! poum! poum! et

16. o limite

17. "confundir as coisas"

18. "oh, minhas filhas!"

19. pontudo, pontudo! Eu disse a mim mesma: Esse personagem vem matar alguém. Ele subiu até o salão, e em menos de um minuto ouvimos os cinco tiros de pistola. Na barriga!

poum!...”[20] Olhou dona Lúcia, olhou as meninas, assustada, indecisa. E numa das reconsiderações leais, de quando se enganava de lisière: J'ai manqué un poum: ça fait cinq.[21]

Dona Lúcia achava graça em Mademoiselle. Quer dizer, talvez nem achasse graça mais, toda entregue altivamente ao seu drama e à representação discreta da infelicidade. As crianças ainda tinham ido com pai à Europa, um pai longínquo, surgindo raro na família e quase sem as enxergar. O dia em que partiram de Paris para os seis meses na Escócia, dona Lúcia lhes contou que o pai fora viajar também, noutra direção. Depois acrescentara pensativa que ele tinha muito negócio, a viagem decerto era comprida... E acabou decidindo que as filhas não deviam reparar na ausência do pai. Só por isso é que elas repararam. Mas tinham apenas dez anos de vida reclusa em São Paulo, nem sequer estimavam o pai: acharam meio esquisito e veio um malestar. Apenas se sentiram mais sozinhas e lhes passou no espírito uma nuvem interrogativa, um floco. Não decidiram nada, mas cinco anos de viagens, colégios, camelos, freiras, Dinamarcas e Palestinas, quando voltaram não supunham mais um pai. Dona Lúcia é que resolvera ficar eternamente infeliz e ficou.

Mademoiselle fora das primeiras pessoas que visitaram as recém-chegadas. Tivera um surto inadequado de lágrimas que até divertira as meninas. Se abraçara muito com elas, soluçando “mes PAUVRES enfants!”,[22] com que ênfase no “pauvres”![23] Dona Lúcia até não conseguiu guardar o gesto de impaciência, e a professora envelhecida ficara muito reta na cadeira, envergonha-

20. “Pá! pá! pá! e pá!”

21. confundia as coisas. Eu esqueci um pá: são cinco.

22. “COITADAS das minhas meninas!”

23. “coitadas”

da do arroubo anacrônico, aproveitando o esforço das outras visitas no reerguer da conversa, pra consertar a polvadeira lívida do rosto que as lágrimas listravam.

Estava mais destratadinha agora, isso via-se, as lições cada vez menos numerosas. Dona Lúcia voltava de alma fatigada, maternidade incorreta que aquele vaivém de colégios e hotéis transformara quase num dever. Adorava as filhas, mas era o êxtase inerte das adorações nacionais. Preferia se meter nas obras de caridade que a emolduravam de beatas de preto, muito deferentes com a ricaça. As meninas estavam mocinhas, carecendo mesmo de alguém, quase uma preceptora que as acompanhasse em festas, visitas, lhes tomasse conta da educação. E assim ajudavam Mademoiselle, coitada.

E Mademoiselle, sempre na sua blusa alvíssima de rendinhas crespas, caíra naquele mundo mágico de anseios que era o das duas adolescentes, como conversaram! Como viajaram e viveram experiências desejadas, aqueles primeiros dias! Mademoiselle soltava petits cris[24] excitadíssima, pedindo mais detalhes, detalhes, ces norvégiens![25] e esses catalães, e os árabes, les touaregs!...[26]

- Mais nous n'avons pas vu les touaregs, Mademoiselle.[27]

E ela, ar de mistério, sacudindo o dedo profético no ar:

- Heureusement pour vous, mes enfants![28]

Assim nascera em poucos dias um entrejogo de reticências e curiosidades malignas que agora devastavam a professora. Tudo não passava duma ceva divertida de quase imoralidade para as me-

24. gritinhos

25. esses noruegueses!

26. os tuaregues!...

27. – Mas não vimos os tuaregues, Mademoiselle.

28. – Felizmente para vocês, minhas filhas!

ninas. Um fraseio sem pontos finais, farto de "vous comprennez",[29] de "vous savez",[30] de "n'est-ce pas?",[31] em que era sempre Mademoiselle a imaginar imoralidades horrorosas, esbaforida de sustos.

Na viagem do Mediterrâneo:

- ... Mme. de Lavellais avait un petit mousse qui venait tous les jours dans sa cabine pour frotter son parquet. Alors... il fallait voir ça, Mademoiselle! ce qu'il frrrottait conscieusement![32]

- Ah, ah, ah, ela vinha com o seu riso de disfarce: p'tite rabelaisienne, taisez-vous...[33]

As meninas inventavam palavras para se conversar diante dos outros. Eram como onomatopeias pressentidas, sem nenhum sentido nítido, próprias daquele mundo vago em que viviam.

- Vous savez... Nous avons entendu aujourd'hui une conversation entre une femme et son mari...[34]

- Oh, mes enfants,[35] interrompia: vous avez une curiosité très maladive! Je sais parfaitement quelles sont les conversations entre une femme et son mari, voyons! C'est quelque chose de honteux.[36]

29. "vocês entendem"

30. "vocês sabem"

31. "não é?"

32. – ... Madame de Labellais tinha um grumete que vinha todos os dias à sua cabine para lhe esfregar o assoalho. Então... era preciso ver isso, Mademoiselle! o que ele esfrrrregava conscienciosamente.

33. pequena rabelaisiana, cale-se... (*Referência a François Rabelais, 1494-1553.*)

34. – A senhora sabe... Hoje ouvimos a conversa de uma mulher com o marido dela...

35. – Oh, minhas meninas,

36. vocês têm uma curiosidade muito malsã! Eu sei perfeitamente quais são as conversas de uma mulher com o marido, vejam só! É alguma coisa indecente.

– Je voudrais bien savoir ce que c'est "tarlataner". Ils parlaient tout le temps de "tarlataner", de "haut tarlatanage"...[37]

– Alba!... Ne prononcez jamais ce verbe intransitif! C'est très vulgaire.[38]

Vivia resfriada na exigência das blusas brancas. Chegava afrosa, nariz vermelho, pingando. Lúcia lhe propunha logo um chá, mas com bastante rum pour avoir des rêves.[39]

– Je ne veux pas de rêves![40] ela rufava as rendas, gritandinho, je ne veux pas de rêves! Les chats me suffisent![41]

E pressentira uma vergonha que a inundava de remorsos felizes. Pra que contara o seu olhar na janela enfrestada do quarto, o ouvido, a cara toda enfim na umidade de setembro, aprendendo o esperanto fácil dos gatos da noite? J'attrape mes rhumes à cause de ces chats...[42] E se resfriava inda mais, devorando homeopatias. Nos seus quarenta e três anos de idade, Mademoiselle estava tomada por um vendaval de mal de sexo. Não se compreendia, nunca tivera aquilo em sua virgindade tão passiva sempre. Amara sim, duas vezes, mas nunca desejara. Agora, as meninas tinham chegado, era o vendaval, tão estalantes de experiências próximas, que puseram tuaregues no corpo de Mademoiselle. E Mademoiselle estava... só um verbo irracional dirá no que Mademoiselle estava: Mademoiselle estava no cio.

37. – Eu queria saber o que é "tarlatanar". Eles falam o tempo todo em "tarlatanar" e "alta tarlatanagem"...

38. – Alba!... Não pronuncie jamais esse verbo intransitivo! É muito vulgar.

39. para ter sonhos.

40. – Eu não quero sonhos!

41. eu não quero sonhos! Os gatos me bastam!

42. Eu tenho minha coriza por causa dos gatos...

O vendaval. Ela sentia masculinos, "ces personnages"[43] que a frolavam no escuso do quarto, na fala das meninas, na desvirginação escandalosa das ruas. Agora Mademoiselle anda de a-pé e procura no jornal onde é o lugar de encontro das multidões. Mas não vai lá, tem medo. Não é feliz, mas também não pode-se dizer que ficasse infeliz, Mademoiselle estava gostosa. E nessa paciência compensadora dos tímidos, ela ia saborear todos os dias nas conversas com as meninas um naco elástico dos gozos que em pouco elas irão viver. Quase sempre era assim mesmo: era ela a concluir em malícia as frases inventadas pelas alunas, que por certo ficariam muito atrapalhadas se a quarentona as deixasse continuar o que inventavam até um fim inexistente e sequer pressentido.

– Un après-midi nous avons vu un homme avec une barbe, vous comprennez... derrière la cathédrale de Rouen... Alors, vous comprennez...[44]

– Ma chère enfant, j'estime que vous allez trop loin. Je vous défends de continuer![45] E decisória, pxx: Ce qui se passait derrière la cathédrale de Rouen, voyons! se passe derrière toutes les cathédrales![46]

Mas não só ela concluía assim as investigações das meninas. Era ela mesma a propor os assuntos mais salgados. E quando os propunha, chegando o instante da verdade, sem coragem pra con-

43. "esses personagens"

44. – Uma tarde nós vimos um homem de barba, a senhora entende... atrás da catedral de Ruão... Então, a senhora entende...

45. – Minha menina, acho que você está indo longe demais. Eu a proíbo de continuar!

46. – O que acontecia atrás da catedral de Ruão, vejamos! acontece atrás de todas as catedrais!

tinuar, ela exclamava o "quelle sottise"[47] e reticenciava mais claro que tudo:

– Et alors… c'était comme derrière la cathédrale de Rouen.[48]

A catedral contava tudo. E era deliciosamente punidor o tudo que contava a catedral. Mademoiselle arranjava as rendinhas, agitada. Alba esperando, se entregara ao cacoete favorito, aquela mania desagradável de dobrar o pulso, forcejando pra tocar o antebraço com o polegar. Mademoiselle volta à vida, com a irritação:

– Alba, pourquoi faites-vous ça...[49]

E a menina, entre envergonhada e atacante:

– Excusez-moi, Mademoiselle... c'est de la cochonnerie.[50]

– Cochonnerie![51]

Aquilo a espantava enfim. As meninas andavam empregando "cochonnerie" sem o menor propósito. Alba trocou o olhar preventivo com a mana, mas contendo o riso, se escondeu numa inocência espantada, afirmando que a professora mesmo é que dissera serem "cochonneries" as coisas inúteis.

– Moi, mon enfant![52]

– V'oui! le jour que les ouvriers se donnaient la main![53]

O caso é que três dias antes elas liam no jardim aproveitando o solzinho raro daquele setembro chuvoso e passara na rua um casal de operários se dando a mão. Decerto o rapaz estava querendo dizer coisas bem íntimas, porque a moça procurava se despren-

47. "que bobagem"

48. – E então... era como atrás da catedral de Ruão.

49. – Alba, por que você faz isso...

50. – Desculpe, Mademoiselle... é safadeza.

51. – Safadeza!

52. – Eu, minha filha!

53. – A senhora, sim! o dia em que os operários estavam de mãos dadas!

der, ambos forcejavam e riam numas gargalhadas que enfeitaram toda a rua. Mademoiselle saiu da leitura e se perdeu, seguindo os namorados com os olhos e a vida. As meninas também tiveram a atenção chamada pelos risos, mas percebendo o que era, apenas dois namorados, quiseram voltar à leitura geográfica lhes contando coisas mais novidadeiras. Mas o perdimento de Mademoiselle despertou a vontade de maliciar. Alba disse:

– Qu'est-ce qu'ils font?[54]

Mademoiselle corou vivo e trouxe os olhos para as duas. Mas assim pegada em pecado não lhes aguentou o olhar agudo, já rindo muito. Quis disfarçar, arranjando a rendinha, e murmurou o mais inocente que pôde fingir, uma resposta que considerou perfeita:

– Ils se donnent la main.[55]

Mas Lúcia no sufragante:

– Pour quoi faire![56]

Mademoiselle fitou indignada a menina. Chegou a estremecer na visão. Pois elas bem não tinham visto o que se passara atrás da catedral de Ruão! Deu um daqueles muxoxos, meio nojo, meio desnorteamento, que lhe mereciam todas as cochonerias dessa vida:

– ... pour quoi faire... pxx!...[57]

Alba e Lúcia a examinavam deliciadas. Mademoiselle fazia força pra se acalmar, pour quoi faire... Ela bem sabia que não se deve deixar perguntas de criancinhas sem resposta. Era melhor fingir desinteresse por aqueles dois "personnages gluants",[58] se dando a

54. – O que eles estão fazendo?

55. – Estão de mãos dadas.

56. – Para quê!

57. – ... para quê... pxx!...

58. "personagens pegajosos"

mão com tanta imoralidade. E voltou ao livro enquanto ainda sussurrava só consigo, aturdida, "pour quoi faire"...

A leitura continuou, e as meninas se engolfaram nela, num átimo esquecidas do incidente que não rendera bastante. Mas Mademoiselle eis que fechava o seu livro de supetão e o põe com ruído na mesinha. A olharam numa surpresa que logo se transformou em assombro quando viram a cara da mestra. Naquela calma veludosa de paz Mademoiselle estava completamente transtornada, olho em desvario pulando de Lúcia pra Alba, de Alba pra Lúcia, boca entreaberta num esgar, as rugas fantasistamente se mexendo.

– Laissez votre livre de coté, mes enfants! Lá, sur le banc![59]

As meninas obedeceram maquinais, sem vontade nenhuma de rir, preocupadas. Mademoiselle ordenou:

– Donnez-vous la main! Non! pas comme ça, pxx! n'éparpillez pas vos doigts! Oui! c'est très bien![60]

As meninas não ligaram logo o caso, estavam mas assombradas. Passou um tempo. Mademoiselle afinal exclamava, cheia da vitória:

– Et bien!?...[61]

Não sabiam o que se passava, já meio hirtas agora, garantidas que se se olhassem não aguentavam, caíam na gargalhada.

– Et bien! Mademoiselle as incitava no triunfo: Avez-vous bien réfléchi?[62]

– Je ne sais...[63]

59. – Deixem o livro de lado, meninas! Ali, no banco!

60. – Deem as mãos! Não! não assim, pxx! não abram tanto os dedos! Isso! muito bem!

61. – E então!?...

62. Vocês pensaram bem?

63. – Não sei...

- Taisez-vous! Dites! Vous voilà la main dans la main, tout à fait comme[64] (mastigava sílaba por sílaba, no desprezo colérico) comme ces deux personnages qui se promenaient tout à l'heure, dites! Qu' est-ce que vous sentez, dites![65]

- Mais...[66]

- Taisez-vous![67]

Alba, menos capaz, acabou com aquela bobagem:

- Moi, je ne sens rien.[68]

- Et vous, Lúcia! dites! Vous êtes plus agée que votre soeur, vous devez sentir quelquer chose![69] triunfante, triunfante.

Mas Lúcia, um bocado irritada, se desprendeu da irmã, dando de ombros. Irritada apenas? Lhe seria impossível se compreender naquela desilusão apreensiva, que a deixava numa vaga esperança de chorar. Mademoiselle estava soberba, muito esguiazinha, magistral. Revelou, se sentindo absolutamente dominadora:

- Voilà. On ne sent rien, vous savez! Il y a des gens ignorants qui font ces cochonneries inutiles, mais on ne sent rien, mes enfants, on ne sent absolument rien. Retournons à notre géographie.[70]

64. – Calem-se! Digam! Estão de mãos dadas, exatamente como

65. como esses dois personagens que passeavam ainda há pouco, digam! O que vocês sentem, digam!

66. – Mas...

67. – Calem-se!

68. – Eu não sinto nada.

69. – E você, Lúcia! diga! Você é mais velha que sua irmã, você deve sentir alguma coisa!

70. – Pois é. Não se sente nada, vocês sabem! Há pessoas ignorantes que fazem essas safadezas inúteis, mas não se sente absolutamente nada. Voltemos à nossa geografia.

De-noite, quando se arranjavam pra deitar, entrava o ar pesado, oleaginoso, de rosas. Alba se olhou muito no espelho, sentada. Estava velha, com medo. Suspirou fundo e de repente se enforcou com ambas as mãos. Veio descendo com elas pelo corpo, pelos seios nascentes, como naquela página do *Médecin malgré lui*[71] em que Mademoiselle escrevera em vermelho "page condamnée"[72] pra que as alunas não lessem. Lúcia, escutando o suspiro, chegou-se pra irmã. Alba recusou vivo o contato, mas lhe veio a frase diária, pra se desculpar da grosseria:

– Me sinto freudiana, hoje... Acho que vou sonhar tarlatanagens.

Lúcia censurou:

– Olhe, Alba, você carece acabar com essas histórias... Você anda muito complexenta demais.

Mas perdoou logo. Deu um piparote nos cabelos pesados da mana:

– Cochonneries inutiles.[73]

Caíram na risada as duas. E tanto as cochonneries como as cochonerias tarlatanaram daí em diante no arrulho dúbio delas.

Mademoiselle ficara tonta com a referência de Alba ao casal de operários. Recordou imediatamente a cena de que se saíra com tanto brilhantismo, imaginava. Pois Alba compreendera que o que faziam os dois namorados eram "cochonneries inutiles"! Estava desnorteada porque les cochonneries ne sont pas inutiles, evidemment![74] reconhecia no íntimo, imaginando como sair da enrascada. Enxugou lerdo o nariz. Desistiu. Confessou devagar, pesando as palavras, conciliatória:

71. *Médico à força (referência à comédia de Molière, 1622-1673.)*

72. "página censurada"

73. – Safadezas inúteis.

74. as safadezas não são inúteis, evidentemente!

– Ma chère enfant... il ne faut pas dire des choses inutiles que ce sont des cochonneries, par exemple!... Les cochonneries sont... des cochonneries![75] E exaltada de repente, se sacudindo toda: S'embrasser sur la bouche, voilà une cochonnerie! Une chair vive contre une chair vive, pxxx![76]

Se ergueu pra partir. Tinha que ir à farmácia homeopática, tomar dois bondes, e o *Angélica* dava uma volta enorme até chegar na praça da Sé, se desculpou. Aquela evocação bruta de carnes vibrantes se ajuntando a escorraçava aos repelões. Enxugou o nariz.

Descendo do bonde na praça, embora a rua da farmácia ficasse ali mesmo, Mademoiselle é invadida por um vendaval misterioso, sem nexo. Como é que estava andando assim noutra direção, subindo a praça, enveredando para a catedral! O bom-senso a obrigou a se difinir, não era possível se tromper tamanhamente de lisière. Mademoiselle se dirigiu para a farmácia, inquieta muito, batida por desilusões. Comprou o alho sativo e mais vários tubinhos de pérolas alvas. Chegou à porta, pôs o embrulho na bolsa, estava escurecendo e agora a inquietação já se transformava num desvario completo. Ficou ali, olhando a gente muita que passava apressada. Não sabia. Como que uma voz a chamava, uma voz fortíssima, atordoando. Não era voz, era o brouhaha dos bondes, dos autos, da gente. Mas o destino é que mandava os passos dela. Tinha que voltar e em vez o destino, não era o destino nem a voz não, quelle sottise![77] em vez estava subindo exagitada, frolando

75. – Minha filha... Não se deve dizer coisas inúteis que são safadezas, por exemplo!... As safadezas são... safadezas!

76. Beijar na boca é uma safadeza! Uma carne viva contra uma carne viva, pxxx!

77. que bobagem!

nos homens. Contrária à sua direção, Mademoiselle sobe, chamada pela catedral. Apressa o passo, estava quase correndo. O pavor a tomara, era um vento medonho na praça, sopro de sustos tamanhos que os arranhacéus se desmoronam com fragor. Chega o fragor. Chega o medo horrível, mil braços que a enforcassem, mil bocas, une chair vive contre une chair vive,[78] lhe rasgam a blusinha, no ventre! e ela trapeça sem poder mais. Tem que parar. Se encostou nas pedras da abside, ia cair. Os homens passando afobados, meio se viraram na indecisão, sem se decidir a perguntar se aquela velhota quer alguma coisa. Pode estar doente, pedir auxílio, perdiam tempo. Passavam. Afinal o guarda deu tento na coitada.

– A senhora precisa alguma coisa?

Mademoiselle tirou a mão dos olhos, muito envergonhada, refeita de súbito com a pergunta. Non, merci,[79] mas se percebendo noutra lisière,[80] consertou: Não, obrigada. E agora, já sem sustos mais, num desalento vazio, termina de contornar o derrière[81] da catedral. Já não era mais ela que "bousculava" os outros, como diriam as meninas, a multidão é que a busculava, a empurrava, a sacode. Mademoiselle não enxerga mais, não sente. Nem percebe que afinal toma o terceiro ou quarto *Angélica* chegado. Nunca que imaginasse o acontecido, o mal de sexo já está grande por demais, e Mademoiselle precisa duma experiência maior pra alcançar a verdade.

78. uma carne viva contra uma carne viva,

79. Não, obrigada

80. confusão

81. parte de trás

As ruas agora já estavam mais visíveis na entressombra, mais largas, seguindo por avenidas ricas. Mademoiselle enfim reconheceu com franqueza que já vinham descendo pela avenida Angélica. Voltava pouco a pouco à vida. Mas se estivesse no seu natural iria até a rua das Palmeiras e tomava outro bonde que a levasse à Sebastião Pereira, onde ficava o segundo andar da sua pensão. Sem elevador. Mademoiselle gosta pouco de caminhar. Mas eis que dá um puxão brusco na campainha, o bonde para espirrando. Mademoiselle desce e se lembra de enxugar o nariz, pra que desceu!

Cortando pelas ladeiras oblíquas se dirige à pensão, anda. Acontece que assim, no crepúsculo caseiro, numa última esperança de antemão desenganada, Mademoiselle passa pelo derrière da igreja de Santa Cecília. Assim mesmo uns sustinhos a tomaram, o respiro cresceu, foi agradável.

Mademoiselle chega sem muita desolação ao seu segundo andar. Havia um rol da engomadeira, difícil de ajustar, blusas e blusas. Mademoiselle examina as rendas com aplicação. De vez em quando para, trata de enxugar o nariz, ah! o remédio. Se esquecera dos remédios mas agora é tarde. Vamos deixar o remédio para depois do jantar. Mademoiselle ergueu súbito a cabeça, voltou-a pro lado, esperando, olhos baixos. Ficou assim por algum tempo, ansiosa, no malestar quase suave, e como nada sucedesse, como sempre, retornou ao cuidado de encrespar com mais minúcia a rendinha engomada da blusa. Agora vivia assim, na virulência nova da sua solidão, eis que estremecia. Lhe vinha a sensação até brutal de ter alguém junto de si. Sobrestava, tinha que sobrestar por força a ocupação qualquer em que estivesse, meio que se voltava e ficava esperando, olhos baixos. Nunca que ela olhasse com franqueza o lado, o canto, a porta donde lhe vinha a presença do homem. Ela desoladamente sabia não haver ninguém ali.

Mas daquela aventura horrível lhe fica um fraco pelo derrière das igrejas. Não vê igreja solta que não lhe brote a fatalidade de passar por detrás. A desilusão não a desilude nunca. Mademoiselle passa numa brisa agradável de apreensões, apesar do pleno dia, que ela nunca sai de-noite mais, tem um medo! Sabe de-cor os sacristães cuidadosos que não deixam nas reentrâncias das absides a prova dos homens gluants[82] da noite. Não vem mais no seu bonde, da casa de dona Lúcia até a pensão. Para uma esquina antes do largo de Santa Cecília. Até imagina que está precisando andar mais a-pé. Vem. Está muito corretazinha e retazinha. Vem, faz a volta da igreja, lhe bate a brisa de sustos, é agradável. Mademoiselle estuga o passo e chega ofegante à porta da sua pensão.

Nesse dia as meninas a atenazaram por demais. A cidade vinha se arrepiando de pretensões políticas porque afinal tinham lançado mesmo o já muito proposto partido da oposição, o Democrático. Dona Lúcia embarcara na onda que lhe trazia um gasto novo de volúpias. Tinha parente importante no PD e nessa tarde, pela primeira vez depois de sete anos, os salões dela se abriam para o *cocktail* aos chefes do Partido. Dona Lúcia decidiu que as filhas haviam de aparecer nem que fosse um momento. Fazia questão de se apresentar ornada de resultados, bem matrona, imponente em seus traços de infeliz. Mademoiselle devia comparecer, como preceptora.

As meninas ficaram de lado, era natural. A reunião era quase só de homens, poucas senhoras e vários sonhos políticos de subir. O velho conselheiro comparecera, na sua figura raçadíssima, avec une barbe, vous savez.[83] E assim, olhando de longe tantos homens que a gesticulação política ainda tornava mais ferozes, Alba e Lúcia tinham caído em cima da professora.

82. pegajosos

83. de barba, a senhora sabe.

Era no fim daquela primavera, et alors, vous comprennez,[84] Mademoiselle chegara mais resfriada que nunca, o nariz até inchara um pouquinho, e com o embrulho esquisito, um cilindro comprido, pajeado cuidadosamente junto ao seio. As perguntas das meninas foram tão insistentes, as suposições tão maliciosas que Mademoiselle precisou confessar. A homeopatia não lhe dava jeito mais ao resfriado, "bronchite" ela insistia, no eufemismo contraído de moça, pra evitar de qualquer forma que esses brasileiros falassem em "constipação" pxx! Pois então se lembrara de comprar aquela garrafa de rum, confessou envergonhadíssima, "un tout petit peu!"[85] que ela quase gritava ameaçadora, diante do riso das meninas.

O jogo principiara logo muito esquentado. Estavam as três mais que freudianas, daquele recanto da saleta espiando tantos homens que deviam ser importantes, fazendo tudo o que desejavam. Os *cocktails* passavam, *cocktails* fortes bem pra homem, dona Lúcia se recusava a beber. Mas as meninas principiaram tarlatanando cada vez mais audaciosas. Mademoiselle não continha mais ninguém.

– ... vous savez pourquoi ils se sont installés au dessus du théatre Santa Helena, n'est-ce pas?...[86]

- Mais non! Racontez-moi ça.[87]

E Lúcia sem saber onde vai parar:

- Après les spéctacles ils montent au Parti et font de choses affreuses, vous comprennez, n'est-ce pas![88]

84. e então, a senhora entende,

85. "só um pouquinho!"

86. – ... a senhora sabe por que eles se instalaram em cima no teatro Santa Helena, não é?...

87. – Não! Conte-me isso.

88. Depois dos espetáculos eles sobem até o Partido e fazem coisas horrorosas, a senhora entende, não é!

– Ma chère enfant, taisez-vous. Voyons... mais qu'est ce qu'ils peuvent bien faire alors?[89]

– Vous comprennez, n'est-ce pas! Ils ont fait un trou, Mademoiselle, un énorme trou! Monsieur le Premier Sécrétaire s'est mis tout nu sur un énorme plat, et on l'a descendu dans le théatre, vous comprennez ce qui se passait...[90]

– Lúcia, je vous défends de continuer![91] peremptória, à bout.[92]

– Mais, Mademoiselle, c'est qu'ils commencent tous a roucouler![93]

– Tais-toi! tais-toi![94] ela espirrava na sua binaridade autoritária atual, imagem derradeira da autoridade que ela não conseguia mais ter sobre aquelas pequenas rabelaisianas da primavera. Tais--toi! tais-toi! pulandinho de gozo entre as duas garotas, no desvão da saleta, emborcando a taça de *cocktail*. Dona Lúcia acabara suspeitando alguma coisa de anormal na alegria daquelas três, ordenara às meninas que subissem. E se foram as três para cima, logo calmas na apreensão de algum malfeito grave.

Só agora percebiam que a noite caíra. O relógio antigo do estúdio marcava oito horas. Um susto gélido de brisa entrou pela janela e invadiu Mademoiselle. Atchim, ela espirrou estremecendo. Foi se encurtando muito, ficou pequeninha, quase um nada vivaz

89. – Minha filha, cale-se. Vejamos... mas o que é que eles podem fazer então?

90. – A senhora entende, não é! Eles fizeram um buraco, Mademoiselle, um buraco enorme! O senhor Primeiro Secretário se pôs totalmente nu sobre um enorme prato, e o carregaram para o teatro, a senhora entende o que acontecia...

91. – Lúcia, eu a proíbo de continuar!

92. no limite.

93. – Mas, Mademoiselle, é que eles começaram todos a sussurrar!

94. – Cale-se! cale-se!

de chair vive,[95] resumida a uma girândola de espirros em surdina. Teve medo, era muito tarde. Ainda imaginou esperar que a festa acabasse, estava no fim, e pedir a dona Lúcia que a fizesse acompanhar por qualquer um dos criados de ocasião. Mas ficou logo horrorizada com as audácias dele, decerto quis kidnapá-la, mas os outros passageiros do bonde intervieram, e ele (preferia o que a servira) lhe deu o braço pra descer e a carregou possante, encostando a mão no peito dela, bem no peito. Criou juízo e decidiu ir só.

O bonde felizmente vinha cheio até demais, tinha uns seis passageiros derramados pelos bancos e Mademoiselle, acalentada, se sonha defendida por eles. Se o criado viesse, eles derramavam sangue na luta, bastante sangue. E que coragem deles, que luta feroz! Os defensores bufavam de cólera, os socos caíam, o auto não respeitava o silêncio da noitinha e num momento, o que foi! os bondes de-noite correm tão desabalados pelos bairros, era aquele mesmo tumulto da praça da Sé que a tomava. Seria uma voz? seria o destino? Mademoiselle já mal respira e toca brusco a campainha. O bonde para com um grito horrível, é um assassinato, aliás, ela corrigiu, "assassínio" em português. Mademoiselle nem desce, salta, pula, foge, se livrando, faz o quarteirão sem pensar, não há multidão que a buscule, as árvores, as árvores é que a machucam, saem sombras kidnapantes delas, os lampiões fazem trous, trous, doloridíssimos no ar desmaiado.

Mademoiselle percebe nítido, mas com uma nitidez inimaginável de tão fatal, que chegou no largo de Santa Cecília. Seguirá reto? É só atravessar o largo pela frente da igreja e, uns cem passos mais, a porta salvadora da pensão... Mademoiselle sabe disso, decide isso, quer decidir isso, mas agora é tarde, os passos a con-

95. carne viva,

trariam e a conduzem atrás da catedral de Ruão. É um silêncio de crime, o bairro dorme em paz burguesa. Mas tinha que suceder. Duma das ruas que desembocam na curva da abside, saltam dois homens, avec une barbe?[96] não viu bem, mas très louches,[97] que se atiram a persegui-la.

Atchim! que ela explodiu, exagerando o grito de socorro com volúpia. C'est pour les advertir que je suis enrhumée,[98] ela se pensa, heroicamente, na presciência de que as "constipações" protegem contra os assaltos à virgindade. E atchim! ela repetiu mais uma vez, sem vontade nenhuma de espirrar, ameaçadora, se escutando vitoriosa no deserto da praça. Poum... poum... poum... Os dois perseguidores vinham apressados, passo igual. E o som dos sapatões possantes, eram possantes, devorava o atchim espavorido da pucela. E as passadas reboam mais vitoriosas ainda no silêncio infeliz do largo, ninguém para a salvar, só as árvores inúteis como cochonneries, enquanto os dois homens a vão alcançar. Não pode mais. Cairia nos braços deles, e eles a violariam sem piedade, exatamente como sucedera atrás da catedral de Ruão.

Mademoiselle apressa o passo ainda mais. Mas talvez o temor a imobilizasse como ao passarinho no olho da cobra: dá uns três passos corridinhos e logo quase para de andar, esperançosa, sussurrando uns passos lerdos, curtos. Poum... poum... poum... Ela avistava, era um fragor de catedrais desmoronando, ela enxergava muito bem os coruchéus despencando em linha reta sobre ela, arcobotantes agitados se enrijando, a flecha zuninte da abside, o crime seria hediondo porque ela havia de se debater com quanta

96. de barba?

97. muito suspeitos,

98. É para preveni-los que estou resfriada,

força tinha, só a encontravam no dia seguinte desmaiada, as vestes rotas, sangrentas, o que diriam as meninas! muito sangue, poum... poum... já lhe punham, se lhe pusessem as mãos gluantes nos ombros, ela havia de berrar.

Afinal um dos homens agarra-a pelo pescoço. Mas segurara mal. Mademoiselle deu um galeio pra frente com o pescocinho, mais uma corridinha e conseguiu se distanciar do monstro. Mas o outro monstro agora alargava muito o passo e ela percebeu, a intenção dele era estirar a perna de repente, trançar na dela bem trançado e com a rasteira ela caía de costas pronta e ele tombava sobre ela na ação imensa. Porém ela fez um esforço ainda, um derradeiro esforço, deu um pulinho, passou por cima da perna e aqui ela chorava. Quis correr, não podia, porque o outro monstro veio feito uma fúria, ergueu os braços políticos e espedaçou-lhe os seios que sangravam. Mademoiselle deu um último gritinho e virou a esquina.

Mademoiselle virou a esquina da sua rua. Mademoiselle virou a esquina. Sua rua. Enxergou, era tão oferecidamente próxima a porta da pensão, e ela não teve mais esperança nenhuma. Nunca mais que havia de passar por trás das igrejas, e no dia seguinte as meninas desnorteadas topavam com aquela professorinha de dantes, longínqua, pura, branda. Mademoiselle estava salva, salva! E por sinal que a porta da pensão também estava alvissareiramente iluminada ainda, pois eram apenas vinte e uma horas. O copeiro na porta, homem de seu dever que a defendia se preciso, conversava com as criadas do portão vizinho. Um cheiro leve de acácias.

Mas isto Mademoiselle não podia sentir, nariz que era um tomate raçado de cooperativa. Sentiu mas foi que estava irremediavelmente salva pra toda a vida e então pôde correr. Correu, já num passinho lúcido, sem sofismas, e o pelo do renard falso lhe fez uma brisa tão irônica no nariz que, quando parada na porta, primeiro ela teve que atender ao tiroteio dos espirros. E foram atchim, atchim, atchim e atchim. J'ai manqué un atchim, n'est-ce pas?[99]

Foram cinco. Pois assim mesmo os perseguidores lá vinham chegando atrás dela. Só que agora Mademoiselle estava mesmo salva pra todo o sempre e pôde reagir. Os homens vinham chegando em suas conversas distraídas. Se plantou no meio da calçada, fungou um sexto espirro inteiramente fora de propósito, tirou mais que depressa dois níqueis da bolsa. Os homens tiveram que parar, espantados, ante aquela velhota luzente de espirro e lágrima, que lhes impedia a passagem, ar de desafio. E Mademoiselle soluçava as sílabas, na coragem raivosa de todas as ilusões ecruladas:

– Mer-ci pour votre bo-nne com-pa-gnie![100]

E lhes enfiou na mão um níquel pra cada um, pagou! Pagou a bonne compagnie.[101] Subiu as escadas correndo, foi chorar.

99. Ficou faltando um atchim, não é?

100. – O-bri-ga-da por sua bo-a com-pa-nhi-a!

101. boa companhia.

O POÇO

São Paulo • 1942

Ali pelas onze horas da manhã o velho Joaquim Prestes chegou no pesqueiro. Embora fizesse força em se mostrar amável por causa da visita convidada para a pescaria, vinha mal-humorado daquelas cinco léguas de fordinho cabritando na estrada péssima. Aliás o fazendeiro era de pouco riso mesmo, já endurecido por setenta e cinco anos que o mumificavam naquele esqueleto agudo e taciturno.

O fato é que estourara na zona a mania dos fazendeiros ricos adquirirem terrenos na barranca do Moji pra pesqueiros de estimação. Joaquim Prestes fora dos que inventaram a moda, como sempre: homem cioso de suas iniciativas, meio cultivando uma vaidade de família – gente escoteira por aqueles campos altos, desbravadora de terras. Agora Joaquim Prestes desbravava pesqueiros na barranca fácil do Moji. Não tivera que construir a riqueza com a mão, dono de fazendas desde o nascer, reconhecido como chefe, novo ainda. Bem rico, viajado, meio sem quefazer, desbravava outros matos.

Fora o introdutor do automóvel naquelas estradas, e se o município agora se orgulhava de ser um dos maiores produtores de mel, o devia ao velho Joaquim Prestes, primeiro a se lembrar de criar abelhas ali. Falando o alemão (uma das suas "iniciativas" goradas na zona) tinha uma verdadeira biblioteca sobre abelhas. Joaquim Prestes era assim. Caprichosíssimo, mais cioso de mando que de justiça, tinha a idolatria da autoridade. Pra comprar o seu primeiro carro fora à Europa, naqueles tempos em que os automóveis eram mais europeus que americanos. Viera uma "autoridade" no assunto. E o mesmo com as abelhas de que sabia tudo. Um tempo até lhe dera de reeducar as abelhas nacionais, essas "porcas" que misturavam o mel com a samora. Gastou anos e dinheiro bom nisso, inventou ninhos artificiais, cruzou raças, até fez vir umas abelhas amazônicas. Mas se mandava nos homens e todos obedeciam, se viu obrigado a obedecer às abelhas que não se educaram um isto. E agora que ninguém falasse perto dele numa inocente jeteí, Joaquim Prestes xingava. Tempo de florada no cafezal ou nas fruteiras do pomar maravilhoso, nunca mais foi feliz. Lhe amargavam penosamente aquelas mandassaias, mandaguaris, bijuris que vinham lhe roubar o mel da *Apis Mellifica*.

E tudo o que Joaquim Prestes fazia, fazia bem. Automóveis tinha três. Aquela marmon de luxo pra o levar da fazenda à cidade, em compras e visitas. Mas como fosse um bocado estreita para que coubessem à vontade, na frente, ele choferando e a mulher que era gorda (a mulher não podia ir atrás com o mecânico, nem este na frente e ela atrás) mandou fazer uma rolls-royce de encomenda, com dois assentos na frente que pareciam poltronas de hol, mais de cem contos. E agora, por causa do pesqueiro e da estrada nova, comprara o fordinho cabritante, todo dia quebrava alguma peça, que o deixava de mau-humor.

Que outro fazendeiro se lembrara mais disso! Pois o velho Joaquim Prestes dera pra construir no pesqueiro uma casa de verdade, de tijolo e telha, embora não imaginasse passar mais que o claro do dia ali, de medo da maleita. Mas podia querer descansar. E era quase uma casa-grande se erguendo, quarto do patrão, quarto pra algum convidado, a sala vasta, o terraço telado, tela por toda a parte pra evitar pernilongo. Só desistiu da água encanada porque ficava um dinheirão. Mas a casinha, por detrás do bangalô, até era luxo, toda de madeira aplainada, pintadinha de verde pra confundir com os mamoeiros, os porcos de raça por baixo (isso de fossa nunca!) e o vaso de esmalte e tampa. Numa parte destocada do terreno, já pastavam no capim novo quatro vacas e o marido, na espera de que alguém quisesse beber um leitezinho caracu. E agora que a casa estava quase pronta, sua horta folhuda e uns girassóis na frente, Joaquim Prestes não se contentara mais com a água da geladeira, trazida sempre no forde em dois termos gordos, mandara abrir um poço.

Quem abria era gente da fazenda mesmo, desses camaradas que entendem um pouco de tudo. Joaquim Prestes era assim. Tinha dez chapéus estrangeiros, até um panamá de conto de réis, mas as meias, só usava meias feitas pela mulher, "pra economizar" afirmava. Afora aqueles quatro operários ali, que cavavam o poço, havia mais dois que lá estavam trabucando no acabamento da casa, as marteladas monótonas chegavam até à fogueira. E todos muito descontentes, rapazes de zona rica e bem servida de progresso, jogados ali na ceva da maleita. Obedeceram, mandados, mas corroídos de irritação.

Só quem estava maginando que enfim se arranjara na vida era o vigia, esse, um caipira da gema, bagre sorna dos alagados do rio, maleiteiro eterno a viola e rapadura, mais a mulher e cinco famílias enfezadas. Esse agora, se quisesse, tinha leite, tinha ovos de legornes finas e horta de semente. Mas lhe bastava imaginar que tinha. Continuava feijão com farinha, e a carne-seca do domingo.

Batera um frio terrível esse fim de julho, bem diferente dos invernos daquela zona paulista, sempre bem secos nos dias claros e solares, e as noites de uma nitidez sublime, perfeitas pra quem pode dormir no quente. Mas aquele ano umas chuvas diluviais alagavam tudo, o couro das carteiras embolorava no bolso e o café apodrecia no chão.

No pesqueiro o frio se tornara feroz, lavado daquela umidade maligna que, além de peixe, era só o que o rio sabia dar. Joaquim

Prestes e a visita foram se chegando pra fogueira dos camaradas, que logo levantaram, machucando chapéu na mão, bom-dia, bom--dia. Joaquim Prestes tirou o relógio do bolso, com muita calma, examinou bem que horas eram. Sem censura aparente, perguntou aos camaradas se ainda não tinham ido trabalhar.

Os camaradas responderam que já tinham sim, mas que com aquele tempo quem aguentava permanecer dentro do poço continuando a perfuração! Tinham ido fazer outra coisa, dando ũa mão no acabamento da casa.

– Não trouxe vocês aqui pra fazer casa.

Mas que agora estavam terminando o café do meio-dia. Espaçavam as frases, desapontados, principiando a não saber nem como ficar de pé. Havia silêncios desagradáveis. Mas o velho Joaquim Prestes impassível, esperando mais explicações, sem dar sinal de compreender nem desculpar ninguém. Tinha um, era o mais calmo, mulato desempenado, fortíssimo, bem escuro na cor. Ainda nem falara. Mas foi esse que acabou inventando um jeito humilhante de disfarçar a culpa inexistente, botando um pouco de felicidade no dono. De repente contou que agora ainda ficara mais penoso o trabalho porque enfim já estava minando água. Joaquim Prestes ficou satisfeito, era visível, e todos suspiraram de alívio.

– Mina muito?

– A água vem de com força, sim senhor.

– Mas percisa cavar mais.

– Quanto chega?

– Quer dizer, por enquanto dá pra uns dois palmo.

– Parmo e meio, Zé.

O mulato virou contrariado para o que falara, um rapaz branco, enfezadinho, cor de doente.

– Ocê marcou, mano...

– Marquei sim.

– Então com mais dois dias de trabalho tenho água suficiente.

Os camaradas se entreolharam. Ainda foi o José quem falou:

– Quer dizer... a gente nem não sabe, tá uma lama... O poço tá fundo, só o mano que é leviano pode descer...

– Quanto mede?

– Quarenta e cinco palmo.

– Papagaio! escapou da boca de Joaquim Prestes. Mas ficou muito mudo, na reflexão. Percebia-se que ele estava lá dentro consigo, decidindo uma lei. Depois meio que largou de pensar, dando todo o cuidado lento em fazer o cigarro de palha com perfeição. Os camaradas esperavam, naquele silêncio que os desprezava, era insuportável quase. O rapaz não conseguiu se aguentar mais, como que se sentia culpado de ser mais leve que os outros. Arrancou:

– Por minha causa não, Zé, que eu desço bem.

José tornou a se virar com olhos enraivecidos pro irmão. Ia falar, mas se conteve enquanto outro tomava a dianteira.

– Então ocê vai ficar naquela dureza de trabalho com essa umidade!

– Se a gente pudesse revezar inda que bem... murmurou o quarto, também regularmente leviano de corpo mas nada disposto a se sacrificar. E decidiu:

– Com essa chuvarada a terra tá mole demais, e se afunda!... Deus te livre...

Aí José não pôde mais adiar o pressentimento que o invadia e protegeu o mano:

– 'cê besta, mano! e sua doença!...

A doença, não se falava o nome. O médico achara que o Albino estava fraco do peito. Isso de um ser mulato e o outro branco, o pai espanhol primeiro se amigara com uma preta do litoral, e quando ela morrera, mudara de gosto, viera pra zona da Paulista casar com moça branca. Mas a mulher morrera dando à luz o Albino, e o espanhol, gostando mesmo de variar, se casara mas com a cachaça. José, taludinho, inda aguentou-se bem na orfandade, mas o

Albino, tratado só quando as colonas vizinhas lembravam, Albino comeu terra, teve tifo, escarlatina, desinteria, sarampo, tosse comprida. Cada ano era uma doença nova, e o pai até esbravejava nos janeiros: "Que enfermidade le falta, caramba!" e bebia mais. Até que desapareceu pra sempre.

Albino, nem que fosse pra demonstrar a afirmativa do irmão, teve um acesso forte de tosse. E Joaquim Prestes:

– Você acabou o remédio?

– Inda tem um poucadinho, sim sinhô.

Joaquim Prestes mesmo comprava o remédio do Albino e dava, sem descontar no ordenado. Uma vidraça que o rapaz quebrara, o fazendeiro descontou os três mil e quinhentos do custo. Porém montava na marmon, dava um pulo até a cidade só pra comprar aquele fortificante estrangeiro, "um dinheirão!" resmungava. E eram mesmo dezoito milréis.

Com a direção da conversa, os camaradas perceberam que tudo se arranjava pelo melhor. Um comentou:

– Não vê que a gente está vendo se o sol vem e seca um pouco, mode o Albino descer no poço.

Albino, se sentindo humilhado nessa condição de doente, repetiu agressivo:

– Por isso não que eu desço bem! já falei...

José foi pra dizer qualquer coisa mas sobresteve o impulso, olhou o mano com ódio. Joaquim Prestes afirmou:

– O sol hoje não sai.

O frio estava por demais. O café queimando, servido pela mulher do vigia, não reconfortara nada, a umidade corroía os ossos. O ar sombrio fechava os corações. Nenhum passarinho voava, quando muito algum pio magoado vinha botar mais tristeza no dia. Mal se enxergava o aclive da barranca, o rio não se enxergava. Era aquele arminho sujo da névoa, que assim de longe parecia intransponível.

A afirmação do fazendeiro trouxera de novo um som apreensivo no ambiente. Quem concordou com ele foi o vigia chegando. Só tocou de leve no chapéu, foi esfregar forte as mãos, rumor de lixa, em cima do fogo. Afirmou baixo, com voz taciturna de afeiçoado àquele clima ruim:

– Peixe hoje não dá.

Houve um silêncio. Enfim o patrão, o busto dele foi se erguendo impressionantemente agudo, se endireitou rijo e todos perceberam que ele decidira tudo. Com má vontade, sem olhar os camaradas, ordenou:

– Bem... é continuar todos na casa, vocês estão ganhando.

A última reflexão do fazendeiro pretendera ser cordial. Mas fora navalhante. Até a visita se sentiu ferida. Os camaradas mais que depressa debandaram, mas Joaquim Prestes:

– Você me acompanhe, Albino, quero ver o poço.

Ainda ficou ali dando umas ordens. Haviam de tentar uma rodada assim mesmo. Afinal jogou o toco do cigarro na fogueira, e com a visita se dirigiu para a elevação a uns vinte metros da casa, onde ficava o poço.

Albino já estava lá, com muito cuidado retirando as tábuas que cobriam a abertura. Joaquim Prestes, nem mesmo durante a construção, queria que caíssem "coisas" na água futura que ele iria beber. Afinal ficaram só aquelas tábuas largas, longas, de cabreúva, protegendo a terra do rebordo do perigo de esbarrondar. E mais aquele aparelho primário, que "não era o elegante, definitivo" Joaquim Prestes foi logo explicando à visita, servindo por agora pra descer os operários no poço e trazer terra.

– Não pise aí, nhô Prestes! Albino gritou com susto.

Mas Joaquim Prestes queria ver a água dele. Com mais cuidado, se acocorou numa das tábuas do rebordo e firmando bem as mãos em duas outras que atravessavam a boca do poço e serviam apenas pra descanso da caçamba, avançou o corpo pra espiar. As tábuas abaularam. Só o viram fazer o movimento angustiado, gritou:

– Minha caneta!

Se ergueu com rompante e sem mesmo cuidar de sair daquela bocarra traiçoeira, olhou os companheiros, indignado:

– Essa é boa!... Eu é que não posso ficar sem a minha caneta-tinteiro! Agora vocês hão-de ter paciência, mas ficar sem minha caneta é que eu não posso! têm que descer lá dentro buscar! Chame os outros, Albino! e depressa! que com o barro revolvido como está, a caneta vai afundando!

Albino foi correndo. Os camaradas vieram imediatamente, solícitos, ninguém sequer lembrava mais de fazer corpo mole nem nada. Pra eles era evidente que a caneta-tinteiro do dono não podia ficar lá dentro. Albino já tirava os sapatões e a roupa. Ficou nu num átimo da cintura pra cima, arregaçou a calça. E tudo, num átimo, estava pronto, a corda com o nó grosso pro rapaz firmar os pés, afundando na escureza do buraco. José mais outro, firmes, seguravam o cambito. Albino com rapidez pegou na corda, se agarrou nela, balanceando no ar. José olhava, atento:

– Cuidado, mano...

– Vira.

– Albino

– Nhô?

– ... veja se fica na corda pra não pisar na caneta. Passe a mão de leve no barro...

– Então é melhor botar um pau na corda pra fincar os pé.

– Qual, mano! vira isso logo!

José e o companheiro viraram o cambito, Albino desapareceu no poço. O sarilho gemeu, e à medida que a corda se desenrolava o gemido foi aumentando, aumentando, até que se tornou num uivo lancinante. Todos estavam atentos, até que se escutou o grito de aviso do Albino, chegado apenas uma queixa até o grupo. José parou o manejo e fincou o busto no cambito.

Era esperar, todos imóveis. Joaquim Prestes, mesmo o outro camarada espiavam, meio esquecidos do perigo da terra do rebordo esbarrondar. Passou um minuto, passou mais outro minuto, estava desagradabilíssimo. Passou mais tempo. José não se conteve. Segurando firme só com a mão direita o cambito, os músculos saltaram no braço magníficos, se inclinou quanto pôde na beira do poço:

– Achoooou!

Nada de resposta.

– Achou, manoooo!...

Ainda uns segundos. A visita não aguentara mais aquela angústia, se afastara com o pretexto de passear. Aquela voz de poço, um tom surdo, ironicamente macia que chegava aqui em cima em qualquer coisa parecida com um "não". Os minutos passavam, ninguém mais se aguentava na impaciência. Albino havia de estar perdendo as forças, grudado naquela corda, de cócoras, passando a mão na lama coberta de água.

– José...

– Nhô. Mas atentando onde o velho estava, sem mesmo esperar a ordem, José asperejou com o patrão:

– Por favor, nhô Joaquim Prestes, sai daí, terra tá solta!

Joaquim Prestes se afastou de má vontade. Depois continuou:

– Grite pro Albino que pise na lama, mas que pise num lugar só.

José mais que depressa deu a ordem. A corda bambeou. E agora, aliviados, os operários entreconversavam. O magruço, que sabia ler no jornal da vendinha da estação, deu de falar, o idiota, no caso do "Soterrado de Campinas". O outro se confessou pessimista, mas pouco, pra não desagradar o patrão. José mudo, cabeça baixa, olho fincado no chão, muito pensando. Mas a experiência de todos ali sabia mesmo que a caneta-tinteiro se metera pelo barro mole e que primeiro era preciso esgotar a água do poço. José ergueu a cabeça, decidido:

– Assim não vai não, nhô Joaquim Prestes, percisa secar o poço.

Aí Joaquim Prestes concordou. Gritaram ao Albino que subisse. Ele ainda insistiu uns minutos. Todos esperavam em silêncio, irritados com aquela teima do Albino. A corda sacudiu, chamando. José mais que depressa agarrou o cambito e gritou:

– Pronto!

A corda enrijou retesada. Mesmo sem esperar que o outro operário o ajudasse, José com músculos de amor virou sozinho o sarilho. A mola deu aquele uivo esganado, assim virada rápido, e veio uivando, gemendo.

– Vocês me engraxem isso, que diabo!

Só quando Albino surgiu na boca do poço o sarilho parou de gemer. O rapaz estava que era um monstro de lama. Pulou na terra firme e tropeçou três passos, meio tonto. Baixou muito a cabeça sacudida com estertor purrr! agitava as mãos, os braços, pernas, num halo de lama pesada que caía aos ploques no chão. Deu aquele disfarce pra não desapontar:

– Puta frio!

Foi vestindo, sujo mesmo, com ânsia, a camisa, o pulôver esburacado, o paletó. José foi buscar o seu próprio paletó, o botou silencioso na costinha do irmão. Albino o olhou, deu um sorriso quase alvar de gratidão. Num gesto feminino, feliz, se encolheu dentro da roupa, gostando.

Joaquim Prestes estava numa exasperação terrível, isso via-se. Nem cuidava de disfarçar para a visita. O caipira viera falando que a mulher mandava dizer que o almoço do patrão estava pronto. Disse um "Já vou" duro, continuando a escutar os operários. O magruço lembrou buscarem na cidade um poceiro de profissão. Joaquim Prestes estrilou. Não estava pra pagar poceiro por causa duma coisa à toa! que eles estavam com má vontade de trabalhar! esgotar poço de pouca água não era nenhuma áfrica. Os homens acharam ruim, imaginando que o patrão os tratara de negros. Se tomaram dum orgulho machucado. E foi o próprio magro, mais independente, quem fixou José bem nos olhos, animando o mais forte, e meio que perguntou, meio que decidiu:

– Bamo!...

Imediatamente se puseram nos preparos, buscando o balde, trocando as tábuas atravessadas por outras que aguentassem peso de homem. Joaquim Prestes e a visita foram almoçar.

Almoço grave, apesar do gosto farto do dourado. Joaquim Prestes estava árido. Dera nele aquela decisão primária, absoluta de reaver a caneta-tinteiro hoje mesmo. Pra ele, honra, dignidade, autoridade não tinham gradação, era uma só: tanto estava no custear a mulher da gente como em reaver a caneta-tinteiro. Duas vezes a visita, com ares de quem não sabe, perguntou sobre o poceiro da cidade. Mas só o forde podia ir buscar o homem e Joaquim Prestes, agora que o vigia afirmara que não dava peixe, tinha embirrado, havia de mostrar que, no pesqueiro dele, dava. Depois que diabo! os camaradas haviam de secar o poço, uns palermas! Estava numa cólera desesperada. Botando a culpa nos operários, Joaquim Prestes como que distrai a culpa de fazê-los trabalhar injustamente.

Depois do almoço chamou a mulher do vigia, mandou levar café aos homens, porém que fosse bem quente. Perguntou se não havia pinga. Não havia mais, acabara com a friagem daqueles dias. Deu de ombros. Hesitou. Ainda meio que ergueu os olhos pra visita, consultando. Acabou pedindo desculpa, ia dar uma chegadinha até o poço pra ver o que os camaradas andavam fazendo. E não se falou mais em pescaria.

Tudo trabalhava na afobação. Um descia o balde. Outro, com empuxões fortes na corda, afinal conseguia deitar o balde lá no fundo pra água entrar nele. E quando o balde voltava, depois de parar tempo lá dentro, vinha cheio apenas pelo terço, quase só lama. Passava de mão em mão, pra ser esvaziado longe e a água não se infiltrar pelo terreno de rebordo. Joaquim Prestes perguntou se a água já diminuíra. Houve um silêncio emburrado dos trabalhadores. Afinal um falou com rompante:

– Quá!...

Joaquim Prestes ficou ali, imóvel, guardando o trabalho. E ainda foi o próprio Albino, mais servil, quem inventou:

– Se tivesse duas caçamba...

Os camaradas se sobresaltaram, inquietos, se entreolhando. E aquele peste de vigia lembrou que a mulher tinha uma caçamba em casa, foi buscar. O magruço, ainda mais inquieto que os outros, afiançou:

– Nem com duas caçamba não vai não! é lama por demais! tá minando muito...

Aí o José saiu do seu silêncio torvo pra pôr as coisas às claras:

– De mais a mais, duas caçamba percisa ter gente lá dentro, Albino não desce mais.

– Que que tem, Zé! Deixa de história! Albino meio que estourou.

De resto o dia aquentara um bocado, sempre escuro, nuvens de chumbo tomando o céu todo. Nenhum pássaro. Mas a brisa caíra por volta das treze horas, e o ar curto deixava o trabalho aquecer os corpos movidos. José se virara com tanta indignação para o mano, todos viram: mesmo com desrespeito pelo velho Joaquim Prestes, o Albino ia tomar com um daqueles cachações que apanhava quando pegado no truco ou na pinga. O magruço resolveu se sacrificar, evitando mais aborrecimento. Interferiu rápido:

– Nós dois se reveza, José! Desta eu que vou.

O mulato sacudiu a cabeça, desesperado, engolindo raiva. A caçamba chegava e todos se atiraram aos preparativos novos. O velho Joaquim Prestes ali, mudo, imóvel. Apenas de vez em quando aquele jeito lento de tirar o relógio e consultar a claridade do dia, que era feito uma censura tirânica, pondo vergonha, quase remorso naqueles homens.

E o trabalho continuava infrutífero, sem cessar. Albino ficava o quanto podia lá dentro, e as caçambas, lentas, naquele exasperante ir e vir. E agora o sarilho deu de gritar tanto que foi preciso botar graxa nele, não se suportava aquilo. Joaquim Prestes mudo, olhando aquela boca de poço. E quando Albino não se aguentava mais, o outro magruço o revezava. Mas este, depois da primeira viagem, se tomara dum medo tal, se fazia lerdo de propósito, e eram recomendações a todos, tinha exigências. Já por duas vezes falara em cachaça.

Então o vigia lembrou que o japonês da outra margem tinha cachaça à venda. Dava uma chegadinha lá, que o homem também sempre tinha algum trairão de rede, pegado na lagoa.

Aí Joaquim Prestes se destemperou por completo. Ele bem que estava percebendo a má vontade de todos. Cada vez que o magruço tinha que descer eram cinco minutos, dez, mamparreando, se despia lento. Pois até não se lembrara de ir na casinha e foi aquela espera insuportável pra ninguém! (E o certo é que a água minava mais forte agora, livre da muita lama. O dia passava. E uma vez que o Albino subiu, até, contra o jeito dele, veio irritado, porque achara o poço na mesma.)

Joaquim Prestes berrava, fulo de raiva. O vigia que fosse tratar das vacas, deixasse de invencionice! Não pagava cachaça pra ninguém não, seus imprestáveis! Não estava pra alimentar manha de cachaceiro!

Os camaradas, de golpe, olharam todos o patrão, tomados de insulto, feridíssimos, já muito sem paciência mais. Porém Joaquim Prestes ainda insistia, olhando o magruço:

– É isso mesmo!... Cachaceiro!... Dispa-se mais depressa! cumpra o seu dever!...

E o rapaz não aguentou o olhar acutilante do patrão, baixou a cabeça, foi se despindo. Mas ficara ainda mais lerdo, ruminando uma revolta inconsciente, que escapava na respiração precipitada, silvando surda pelo nariz. A visita percebendo o perigo, interveio. Fazia gosto de levar um pescado à mulher, se o fazendeiro permitisse, ele dava um pulo com o vigia lá no tal de japonês. E irritado fizera um sinal ao caipira. Se foram, fugindo daquilo, sem mesmo esperar o assentimento de Joaquim Prestes. Este mal encolheu os ombros, de novo imóvel, olhando o trabalho do poço.

Quando mais ou menos uma hora depois, a visita voltou ao poço outra vez, trazia afobada uma garrafa de caninha. Foi oferecendo com felicidade aos camaradas, mas eles só olharam a visita assim meio de lado, nem responderam. Joaquim Prestes nem olhou, e a visita percebeu que tinha sucedido alguma coisa grave. O ambiente estava tensíssimo. Não se via nem o Albino nem o magruço que o revezava. Mas não estavam ambos no fundo do poço, como a visita imaginou.

Minutos antes, poço quase seco agora, o magruço que já vira um bloco de terra se desprender do rebordo, chegada a vez dele, se recusara descer. Foi meio minuto apenas de discussão agressiva entre ele e o velho Joaquim Prestes, desce, não desce, e o camarada, num ato de desespero, se despedira por si mesmo, antes que o fazendeiro o despedisse. E se fora, dando as costas a tudo, oito anos de fazenda, curtindo uma tristeza funda, sem saber. E Albino, aquela mansidão doentia de fraco, pra evitar briga maior, fizera questão de descer outra vez, sem mesmo recobrar fôlego. Os outros dois, com o fantasma próximo de qualquer coisa mais terrível, se acovardaram. Albino estava no fundo do poço.

Agora o vento soprando, chicoteava da gente não aguentar. Os operários tremiam muito, e a própria visita. Só Joaquim Prestes não tremia nada, firme, olhos fincados na boca do poço. A despedida do operário o despeitara ferozmente, ficara num deslumbramento horrível. Nunca imaginara que num caso qualquer o adversário se arrogasse a iniciativa de decidir por si. Ficara assombrado. Por certo que havia de mandar embora o camarada, mas que este se fosse por vontade própria, nunca pudera imaginar. A sensação do insulto estourara nele feito uma bofetada. Se não revidasse era uma desonra, como se vingar!... Mas só as mãos se esfregando lentíssimas, denunciavam o desconcerto interior do fazendeiro. E a vontade reagia com aquela decisão já desvairada de conseguir a caneta-tinteiro, custasse o que custasse. Os olhos do velho engoliam a boca do poço, ardentes, com volúpia quase. Mas a corda já sacudia outra vez, agitadíssima agora, avisando que o Albino queria subir. Os operários se afobaram. Joaquim Prestes abriu os braços, num gesto de desespero impaciente.

– Também Albino não parou nem dez minutos!

José ainda lançou um olhar de imploração ao chefe, mas este não compreendia mais nada. Albino apareceu na boca do poço. Vinha agarrado na corda, se grudando nela com terror, como temendo se despegar. Deixando o outro operário na guarda do cambito, José com muita maternidade ajudava o mano. Este olhava todos, cabeça de banda decepando na corda, boca aberta. Era quase impossível lhe aguentar o olho abobado. Como não queria se desagarrar da corda, foi preciso o José, "sou eu, mano", o tomar nos braços, lhe fincar os pés na terra firme. Aí Albino largou da corda. Mas com o frio súbito do ar livre, principiou tremendo demais. O seguraram pra não cair. Joaquim Prestes perguntava se ainda tinha água lá em baixo.

– Fa... Fa...

Levou as mãos descontroladas à boca, na intenção de animar os beiços mortos. Mas não podia limitar os gestos mais, tal o tremor. Os dedos dele tropeçavam nas narinas, se enfiavam pela boca, o movimento pretendido de fricção se alargava demais e a mão se quebrava no queixo. O outro camarada lhe esfregava as costas.

José veio, tirou a garrafa das mãos da visita, quis desarrolhar mas não conseguindo isso logo com aqueles dedos endurecidos, abocanhou a rolha, arrancou. José estava tão triste... Enrolou, com que macieza! a cabeça do maninho no braço esquerdo, lhe pôs a garrafa na boca:

– Beba, mano.

Albino engoliu o álcool que lhe enchera a boca. Teve aquela reação desonesta que os tragos fortes dão. Afinal pôde falar:

– Farta... é só... tá-tá seco.

Joaquim Prestes falava manso, compadecido, comentando inflexível:

– Pois é, Albino: se você tivesse procurado já, decerto achava. Enquanto isso a água vai minando.

– Se eu tivesse uma lúiz...

– Pois leve.

José parou de esfregar o irmão. Se virou pra Joaquim Prestes. Talvez nem lhe transparecesse ódio no olhar, estava simples. Mandou calmo, olhando o velho nos olhos:

– Albino não desce mais.

Joaquim Prestes ferido desse jeito, ficou que era a imagem descomposta do furor. Recuou um passo na defesa instintiva, levou a mão ao revólver. Berrou já sem pensar:

– Como não desce!

– Não desce não. Eu não quero.

Albino agarrou o braço do mano mas toma com safanão que quase cai. José traz as mãos nas ancas, devagar, numa calma de morte. O olhar não pestaneja, enfiando no do inimigo. Ainda repete, bem baixo, mas mastigando:

– Eu não quero não sinhô.

Joaquim Prestes, o mal pavoroso que terá vivido aquele instante... A expressão do rosto dele se mudara de repente, não era cólera mais, boca escancarada, olhos brancos, metálicos, sustentando o olhar puro, tão calmo, do mulato. Ficaram assim. Batia agora uma primeira escureza do entardecer. José, o corpo dele oscilou milímetros, o esforço moral foi excessivo. Que o irmão não descia estava decidido, mas tudo mais era uma tristeza em José, uma desolação vazia, uma semiconsciência de culpa lavrada pelos séculos.

Os olhos de Joaquim Prestes reassumiam uma vibração humana. Afinal baixaram, fixando o chão. Depois foi a cabeça que baixou, de súbito, refletindo. Os ombros dele também foram descendo aos poucos. Joaquim Prestes ficou sem perfil mais. Ficou sórdido.

– Não vale a pena mesmo...

Não teve a dignidade de aguentar também com a aparência externa da derrota. Esbravejou:

– Mas que diacho, rapaz! vista saia!

Albino riu, iluminando o rosto agradecido. A visita riu pra aliviar o ambiente. O outro camarada riu, covarde. José não riu. Virou a cara, talvez para não mostrar os olhos amolecidos. Mas ombros derreados, cabeça enfiada no peito, se percebia que estava fatigadíssimo. Voltara a esfregar maquinalmente o corpo do irmão, agora não carecendo mais disso. Nem ele nem os outros, que o incidente espantara por completo qualquer veleidade do frio.

Quer dizer, o caipira também não riu, ali chegado no meio da briga pra avisar que os trairões, como Joaquim Prestes exigia, devidamente limpos e envoltos em sacos de linho alvo, esperavam pra partir. Joaquim Prestes rumou pro forde. Todos o seguiram. Ainda havia nele uns restos de superioridade machucada que era preciso enganar. Falava ríspido, dando a lei com lentidão:

– Amanhã vocês se aprontem. Faça frio não faça frio mando o poceiro cedo. E... José...

Parou, voltou-se, olhou firme o mulato:

– ... doutra vez veja como fala com seu patrão.

Virou, continuou, mais agitado agora, se dirigindo ao forde. Os mais próximos ainda o escutaram murmurar consigo: "... não sou nenhum desalmado..."

Dois dias depois o camarada desapeou da besta com a caneta-tinteiro. Foram levá-la a Joaquim Prestes que, sentado à escrivaninha, punha em dia a escrita da fazenda, um brinco. Joaquim Prestes abriu o embrulho devagar. A caneta vinha muito limpa, toda arranhada. Se via que os homens tinham tratado com carinho aquele objeto meio místico, servindo pra escrever sozinho. Joaquim Prestes experimentou mas a caneta não escrevia. Ainda a abriu, examinou tudo, havia areia em qualquer frincha. Afinal descobriu a rachadura.

– Pisaram na minha caneta! brutos...

Jogou tudo no lixo. Tirou da gaveta de baixo uma caixinha que abriu. Havia nela várias lapiseiras e três canetas-tinteiro. Uma era de ouro.

O PERU DE NATAL

Rio de Janeiro • 1938
São Paulo • 1942

O nosso primeiro Natal de família, depois da morte de meu pai acontecida cinco meses antes, foi de consequências decisivas para a felicidade familiar. Nós sempre fôramos familiarmente felizes, nesse sentido muito abstrato da felicidade: gente honesta, sem crimes, lar sem brigas internas nem graves dificuldades econômicas. Mas, devido principalmente à natureza cinzenta de meu pai, ser desprovido de qualquer lirismo, duma exemplaridade incapaz, acolchoado no medíocre, sempre nos faltara aquele aproveitamento da vida, aquele gosto pelas felicidades materiais, um vinho bom, uma estação de águas, aquisição de geladeira, coisas assim. Meu pai fora de um bom errado, quase dramático, o puro-sangue dos desmancha-prazeres.

Morreu meu pai, sentimos muito, etc. Quando chegamos nas proximidades do Natal, eu já estava que não podia mais pra afastar aquela memória obstruente do morto, que parecia ter sistematizado pra sempre a obrigação de uma lembrança dolorosa em cada almoço, em cada gesto mínimo da família. Uma vez que eu sugerira a mamãe a ideia dela ir ver uma fita no cinema, o que resultou foram lágrimas. Onde se viu ir ao cinema, de luto pesado! A dor já estava sendo cultivada pelas aparências, e eu, que sempre gostara apenas regularmente de meu pai, mais por instinto de filho que por espontaneidade de amor, me via a ponto de aborrecer o bom do morto.

Foi decerto por isto que me nasceu, esta sim, espontaneamente, a ideia de fazer uma das minhas chamadas “loucuras”. Essa fora aliás, e desde muito cedo, a minha esplêndida conquista contra o ambiente familiar. Desde cedinho, desde os tempos de ginásio, em que arranjava regularmente uma reprovação todos os anos; desde o beijo às escondidas, numa prima, aos dez anos, descoberto por tia Velha, uma detestável de tia; e principalmente desde as lições que dei ou recebi, não sei, duma criada de parentes: eu consegui no reformatório do lar e na vasta parentagem, a fama conciliatória de "louco". "É doido, coitado!" falavam. Meus pais falavam com certa tristeza condescendente, o resto da parentagem buscando exemplo para os filhos e provavelmente com aquele prazer dos que se convencem de alguma superioridade. Não tinham doidos entre os filhos. Pois foi o que me salvou, essa fama. Fiz tudo o que a vida me apresentou e o meu ser exigia para se realizar com integridade. E me deixaram fazer tudo, porque eu era doido, coitado. Resultou disso uma existência sem complexos, de que não posso me queixar um nada.

Era costume sempre, na família, a ceia de Natal. Ceia reles, já se imagina: ceia tipo meu pai, castanhas, figos, passas, depois da Missa do Galo. Empanturrados de amêndoas e nozes (quanto discutimos os três manos por causa do quebra-nozes...) empanturrados de castanhas e monotonias, a gente se abraçava e ia pra cama. Foi lembrando isso que arrebentei com uma das minhas "loucuras":

– Bom, no Natal, quero comer peru.

Houve um desses espantos que ninguém não imagina. Logo minha tia solteirona e santa, que morava conosco, advertiu que não podíamos convidar ninguém por causa do luto.

– Mas quem falou de convidar ninguém! essa mania... Quando é que a gente já comeu peru em nossa vida! Peru aqui em casa é prato de festa, vem toda essa parentada do diabo...

– Meu filho, não fale assim...

– Pois falo, pronto!

E descarreguei minha gelada indiferença pela nossa parentagem infinita, diz-que vinda de bandeirante, que bem me importa! Era mesmo o momento pra desenvolver minhas teorias de doido, coitado, não perdi a ocasião. Me deu de supetão uma ternura imensa por mamãe e titia, minhas duas mães, três com minha irmã, as três mães que sempre me divinizaram a vida. Era sempre aquilo: vinha aniversário de alguém e só então faziam peru naquela casa. Peru era prato de festa: uma imundície de parentes já preparados pela tradição, invadiam a casa por causa do peru, das empadinhas e dos doces. Minhas três mães, três dias antes já não sabiam da vida senão trabalhar, trabalhar no preparo de doces e frios finíssimos de bem-feitos, a parentagem devorava tudo e inda levava embrulhinhos pros que não tinham podido vir. As minhas três mães mal podiam de exaustas. Do peru, só no enterro dos ossos, no dia seguinte, é que mamãe com titia inda provavam num naco de perna, vago, escuro, perdido no arroz alvo. E isso mesmo era mamãe quem servia, catava tudo pro velho e pros filhos. Na verdade ninguém sabia de fato o que era peru em nossa casa, peru resto de festa.

Não, não se convidava ninguém, era um peru pra nós, cinco pessoas. E havia de ser com duas farofas, a gorda com os miúdos, e a seca, douradinha, com bastante manteiga. Queria o papo recheado só com a farofa gorda, em que havíamos de ajuntar ameixa-preta, nozes e um cálice de xerez, como aprendera na casa da Rose, muito minha companheira. Está claro que omiti onde aprendera a receita, mas todos desconfiaram. E ficaram logo naquele ar de incenso assoprado, se não seria tentação do Dianho aproveitar receita tão gostosa. E cerveja bem gelada, eu garantia quase gritando. É certo que com meus gostos, já bastante afinados fora do lar, pensei primeiro num vinho bom, completamente francês. Mas a ternura por mamãe venceu o doido, mamãe adorava cerveja.

Quando acabei meus projetos, notei bem, todos estavam felicíssimos, num desejo danado de fazer aquela loucura em que eu estourara. Bem que sabiam, era loucura sim, mas todos se faziam imaginar que eu sozinho é que estava desejando muito aquilo e havia jeito fácil de empurrarem pra cima de mim a... culpa de seus desejos enormes. Sorriam se entreolhando, tímidos como pombas desgarradas, até que minha irmã resolveu o consentimento geral:

– É louco mesmo!...

Comprou-se o peru, fez-se o peru, etc. E depois de uma Missa do Galo bem mal rezada, se deu o nosso mais maravilhoso Natal. Fora engraçado: assim que me lembrara de que finalmente ia fazer mamãe comer peru, não fizera outra coisa aqueles dias que pensar nela, sentir ternura por ela, amar minha velhinha adorada. E meus manos também, estavam no mesmo ritmo violento de amor, todos dominados pela felicidade nova que o peru vinha imprimindo na família. De modos que, ainda disfarçando as coisas, deixei muito sossegado que mamãe cortasse todo o peito do peru. Um momento aliás, ela parou, feito fatias um dos lados do peito da ave, não resistindo àquelas leis de economia que sempre a tinham entorpecido numa quase pobreza sem razão.

– Não senhora, corte inteiro! só eu como tudo isso!

Era mentira. O amor familiar estava por tal forma incandescente em mim, que até era capaz de comer pouco, só pra que os outros quatro comessem demais. E o diapasão dos outros era o mesmo. Aquele peru comido a sós redescobrira em cada um o que a cotidianidade abafara por completo, amor, paixão de mãe, paixão de filhos. Deus me perdoe mas estou pensando em Jesus... Naquela casa de burgueses bem modestos, estava se realizando um milagre de amor digno do Natal de um Deus. O peito do peru ficou inteiramente reduzido a fatias amplas.

– Eu que sirvo!

"É louco, mesmo!" pois porque havia de servir, se sempre mamãe servira naquela casa! Entre risos, os grandes pratos cheios foram passados pra mim e principiei uma distribuição heroica, enquanto mandava meu mano servir a cerveja. Tomei conta logo dum pedaço admirável da "casca", cheio de gordura e pus no prato. E depois vastas fatias brancas. A voz severizada de mamãe cortou o espaço angustiado com que todos aspiravam pela sua parte no peru:

– Se lembre de seus manos, Juca!

Quando que ela havia de imaginar, a pobre! que aquele era o prato dela, da Mãe, da minha amiga maltratada, que sabia da Rose, que sabia meus crimes, a que eu só lembrava de comunicar o que fazia sofrer! O prato ficou sublime.

– Mamãe, este é o da senhora! Não! não passe não!

Foi quando ela não pôde mais com tanta comoção e principiou chorando. Minha tia também, logo percebendo que o novo prato sublime seria o dela, entrou no refrão das lágrimas. E minha irmã, que jamais viu lágrima sem abrir a torneirinha também, se esparramou no choro. Então principiei dizendo muitos desaforos para não chorar também, tinha dezenove anos... Diabo de família besta que via peru e chorava! coisas assim. Todos se esforçavam por sorrir, mas agora é que a alegria se tornara impossível. É que o pranto evocara por associação a imagem indesejável de meu pai morto. Meu pai, com sua figura cinzenta, vinha pra sempre estragar nosso Natal, fiquei danado.

Bom, principiou-se a comer em silêncio, lutuosos, e o peru estava perfeito. A carne mansa, de um tecido muito tênue, boiava fagueira entre os sabores das farofas e do presunto, de vez em quando ferida, inquietada e redesejada, pela intervenção mais violenta da ameixa-preta e o estorvo petulante dos pedacinhos de noz. Mas papai sentado ali, gigantesco, incompleto, uma censura, uma chaga, uma incapacidade. E o peru, estava tão gostoso, mamãe por fim sabendo que peru era manjar mesmo digno do Jesusinho nascido.

Principiou uma luta baixa entre o peru e o vulto de papai. Imaginei que gabar o peru era fortalecê-lo na luta, e, está claro, eu tomara decididamente o partido do peru. Mas os defuntos têm meios visguentos, muito hipócritas de vencer: nem bem gabei o peru que a imagem de papai cresceu vitoriosa, insuportavelmente obstruidora.

– Só falta seu pai...

Eu nem comia, nem podia mais gostar daquele peru perfeito, tanto que me interessava aquela luta entre os dois mortos. Cheguei a odiar papai. E nem sei que inspiração genial de repente me tornou hipócrita e político. Naquele instante que hoje me parece decisivo da nossa família, tomei aparentemente o partido de meu pai. Fingi, triste:

– É mesmo... Mas papai, que queria tanto bem a gente, que morreu de tanto trabalhar pra nós, papai lá no céu há-de estar conten... (hesitei, mas resolvi não mencionar mais o peru) contente de ver nós todos reunidos em família.

E todos principiaram muito calmos, falando de papai. A imagem dele foi diminuindo, diminuindo e virou uma estrelinha brilhante do céu. Agora todos comiam o peru com sensualidade, porque papai fora muito bom, sempre se sacrificara tanto por nós, fora um santo que "vocês, meus filhos, nunca poderão pagar o que devem a seu pai", um santo. Papai virara santo, uma contemplação agradável, uma inestorvável estrelinha do céu. Não prejudicava mais ninguém, puro objeto de contemplação suave. O único morto ali era o peru, dominador, completamente vitorioso.

Minha mãe, minha tia, nós, todos alagados de felicidade. Ia escrever "felicidade gustativa", mas não era só isso não. Era uma felicidade maiúscula, um amor de todos, um esquecimento de outros parentescos distraidores do grande amor familial. E foi, sei que foi aquele primeiro peru comido no recesso da família, o início de um amor novo, reacomodado, mais completo, mais rico e inventivo, mais complacente e cuidadoso de si. Nasceu de então uma felicidade familiar pra nós que, não sou exclusivista, alguns a terão assim grande, porém mais intensa que a nossa me é impossível conceber.

Mamãe comeu tanto peru que um momento imaginei, aquilo podia lhe fazer mal. Mas logo pensei: ah, que faça! mesmo que ela morra, mas pelo menos que uma vez na vida coma peru de verdade!

A tamanha falta de egoísmo me transportara o nosso infinito amor... Depois vieram umas uvas leves e uns doces, que lá na minha terra levam o nome de "bem-casados". Mas nem mesmo este nome perigoso se associou à lembrança de meu pai, que o peru já convertera em dignidade, em coisa certa, em culto puro de contemplação.

Levantamos. Eram quase duas horas, todos alegres, bambeados por duas garrafas de cerveja. Todos iam deitar, dormir ou mexer na cama, pouco importa, porque é bom uma insônia feliz. O diabo é que a Rose, católica antes de ser Rose, prometera me esperar com uma champanha. Pra poder sair, menti, falei que ia a uma festa de amigo, beijei mamãe e pisquei pra ela, modo de contar onde que ia e fazê-la sofrer seu bocado. As outras duas mulheres beijei sem piscar. E agora, Rose!...

FREDERICO PACIÊNCIA

São Paulo • 1924 • 1942 • 1943

Frederico Paciência... Foi no ginásio... Éramos de idade parecida, ele pouco mais velho que eu, quatorze anos.

Frederico Paciência era aquela solaridade escandalosa. Trazia nos olhos grandes bem pretos, na boca larga, na musculatura quadrada da peitaria, em principal nas mãos enormes, uma franqueza, uma saúde, uma ausência rija de segundas intenções. E aquela cabelaça pesada, quase azul, numa desordem crespa. Filho de português e de carioca. Não era beleza, era vitória. Ficava impossível a gente não querer bem ele, não concordar com o que ele falava.

Senti logo uma simpatia deslumbrada por Frederico Paciência, me aproximei franco dele, imaginando que era apenas por simpatia. Mas se ligo a insistência com que ficava junto dele a outros atos espontâneos que sempre tive até chegar na força do homem, acho que se tratava dessa espécie de saudade do bem, de aspiração ao nobre, ao correto, que sempre fez com que eu me adornasse de bom pelas pessoas com quem vivo. Admirava lealmente a perfeição moral e física de Frederico Paciência e com muita sinceridade o invejei. Ora em mim sucede que a inveja não consegue nunca se resolver em ódio, nem mesmo em animosidade: produz mas uma competência divertida, esportiva, que me leva à imitação. Tive ânsias de imitar Frederico Paciência. Quis ser ele, ser dele, me confundir naquele esplendor, e ficamos amigos.

Eu era o tipo do fraco. Feio, minha coragem não tinha a menor espontaneidade, tendência altiva para os vícios, preguiça. Inteligência incessante mas principalmente difícil. Além do mais, naquele tempo eu não tinha nenhum êxito pra estímulo. Em família era silenciosamente considerado um caso perdido, só porque meus manos eram muito bonzinhos e eu estourado, e enquanto eles tiravam distinções no colégio, eu tomava bombas.

Uma ficou famosa, porque eu protestei gritado em casa, e meu Pai resolveu tirar a coisa a limpo, me levando com ele ao colégio. Chamado pelo diretor, lá veio o marista, irmão Bicudo o chamávamos, trazendo na mão um burro de Virgílio em francês, igualzinho ao que me servira na cola. Meio que turtuviei mas foi um nada. Disse arrogante:

- Como que o sr. prova que eu colei!

Irmão Bicudo nem me olhou. Abriu o burro quase na cara de Papai, tremia de raiva:

- Seu menino traduz latim muito bem!... mas não sabe traduzir francês!

Papai ficou pálido, coitado. Arrancou:

- Seu padre me desculpe.

Não falou mais nada. Durante a volta era aquele mutismo, não trocou sequer um olhar comigo. Foi esplêndido mas quando o condutor veio cobrar as passagens no bonde, meu Pai tirou com toda a naturalidade os níqueis do bolsinho mas de repente ficou olhando muito o dinheiro, parado, olhando os níqueis, perdido em reflexões inescrutáveis. Parecia decidir da minha vida, ouvi, cheguei a ouvir ele dizendo "Não pago a passagem desse menino". Mas afinal pagou.

Frederico Paciência foi minha salvação. A sua amizade era se entregar, amizade era pra tudo. Não conhecia reservas nem ressalvas, não sabia se acomodar humanamente com os conceitos. Talvez por isto mesmo, num como que instinto de conservação, era camarada de toda a gente, mas não tinha grupos preferidos nem muito menos amigos. Não há dúvida que se agradava de mim, inalteravelmente feliz de me ver e conversar comigo. Apenas eu percebia, irritado, que era a mesma coisa com todos. Não consegui ser discreto.

Depois da aula, naquela pequena parte do caminho que fazíamos juntos até o largo da Sé, puxando o assunto para os colegas, afinal acabei, bastante atrapalhado, lhe confessando que ele era o meu "único" amigo. Frederico Paciência entreparou num espanto mudo, me olhando muito. Apressou o passo pra pegar a minha dianteira pequena, eu numa comoção envergonhada, já nem sabendo de mim, aliviado em minha sinceridade. Chegara a esquina em que nos separávamos, paramos. Frederico Paciência estava maravilhoso, sujo do futebol, suado, corado, derramando vida. Me olhou com uma ternura sorridente. Talvez houvesse, havia um pouco de piedade. Me estendeu a mão a que mal pude corresponder, e aquela despedida de costume, sem palavra, me derrotou por completo. Eu estava envergonhadíssimo, me afastei logo, humilhado, andando rápido pra casa, me esconder. Porém Frederico Paciência estava me acompanhando!

– Você não vai pra casa já!

– Ara... estou com vontade de ir com você...

Foram quinze minutos dos mais sublimes de minha vida. Talvez que pra ele também. Na rua violentamente cheia de gente e de pressa, só vendo os movimentos estratégicos que fazíamos, ambos só olhos, calculando o andar deste transeunte com a soma daqueles dois mais vagarentos, para ficarmos sempre lado a lado. Mas em minha cabeça que fantasmagorias divinas, devotamentos, heroísmos, ficar bom, projetos de estudar. Só na porta de casa nos separamos, de novo esquerdos, na primeira palavra que trocávamos amigos, aquele "até-logo" torto.

E a vida de Frederico Paciência se mudou para dentro da minha. Me contou tudo o que ele era, a mim que não sabia fazer o mesmo. Meio que me rebaixava meu Pai ter sido operário em mocinho. Mas quando o meu amigo me confessou que os pais dele fazia só dois anos que tinham casado, até achei lindo. Pra que casar! é isso mesmo! O pior é que Frederico Paciência depusera tal confiança em mim, me fazia tais confissões sobre instintos nascentes que me obrigava a uma elevação constante de pensamento. Uns dias quase o odiei. Me bateu clara a intenção de acabar com aquela "infância". Mas tudo estava tão bom.

Os domingos dele me pertenceram. Depois da missa fazíamos caminhadas enormes. Um feriado chegamos a ir até a Cantareira a-pé. Continuou vindo comigo até a porta de casa. Uma vez entrou. Mas eu não gostava de ver ele na minha família, detestei até Mamãe junto dele, ficavam todos muito baços. Mas me tornei familiar na casa dele, eram só os pais, gente vazia, enriquecida à pressa, dando liberdade excessiva ao filho, espalhafatosamente envaidecida daquela amizade com o colega de "família boa".

Me lembro muito bem que pouco depois, uns cinco dias, da minha declaração de amizade, Frederico Paciência foi me buscar depois da janta. Saímos. Principiava o costume daqueles passeios longos no silêncio arborizado dos bairros. Frederico Paciência falava nos seus ideais, queria ser médico. Adverti que teria que fazer os estudos no Rio e nos separaríamos. Em mim, fiz mas foi calcular depressa quantos anos faltavam para me livrar do meu amigo. Mas a ideia da separação o preocupou demais. Vinha com propostas, ir com ele, estudar medicina, ou ser pintor pois que eu já vivia desenhando a caricatura dos padres.

Fiquei de pensar e, dialogando com as aspirações dele, pra não ficar atrás, meio que menti. Acabei mentindo duma vez. Veio aquele prazer de me transportar pra dentro do romance, e tudo foi se realizando num romance de bom-senso discreto, pra que a mentira não transparecesse, e onde a coisa mais bonita era minha alma. Frederico Paciência então me olhava com os olhos quase úmidos, alargados, de êxtase generoso. Acreditava. Acreditou tudo. De resto, não acreditar seria inferioridade. E foi esse o maior bem que guardo de Frederico Paciência, porque uma parte enorme do que de bom e de útil tenho sido vem daquela alma que precisei me dar, pra que pudéssemos nos amar com franqueza.

No ginásio a nossa vida era uma só. Frederico Paciência me ensinava, me assoprava respostas nos momentos de aperto, jurando depois com riso que era pela última vez. A permanência dele em mim implicava aliás um tal ou qual esforço da minha parte pra estudar, naquele regime de estudo abortivo que, sem eu ainda atinar que era errado, me revoltava. Um dia ele me surpreendeu lendo um livro. Fiquei horrorizado mas imediatamente uma espécie de curiosidade perversa, que eu disfarçava com aquela intenção falsa e jamais posta em prática de acabar com "aquela amizade besta", me fez não negar o que lia. Era uma *História da prostituição na Antiguidade*, dessas edições clandestinas portuguesas que havia muito naquela época. E heroico, embora sempre horrorizado, passei o livro a ele. Folheou, examinou os títulos do índice, ficou olhando muito o desenho da capa. Depois me deu o livro.

– Tome cuidado com os padres.

– Ah... está dentro da pasta, eles não veem.

– E se examinarem as pastas...

– Pois se examinarem acham!

Passamos o tempo das aulas disfarçando bem. Mas no largo da Sé, Frederico Paciência falou que hoje carecia ir já pra casa, ficando logo engasgadíssimo na mentira. Mas como eu o olhasse muito, um pouco distraído em observar como é que se mentia sem ter jeito, ele inda achou força pra esclarecer que precisava sair com a Mãe. E, já despedidos um do outro, meio rindo de lado, ele me pediu o livro pra ler. Tive um desejo horrível de lhe pedir que não pedisse o livro, que não lesse aquilo, de jurar que era infame. Mas estava por dentro que era um caos. Me atravessava o convulsionamento interior a ideia cínica de que durante todo o dia pressentira o pedido e tomara cuidado em não me prevenir contra ele. E dizer agora tudo o que estava querendo dizer e não podia, era capaz de me diminuir. E afinal o que o livro contava era verdade... Se recusasse, Frederico Paciência ia imaginar coisas piores. Na aparência, fui tirando o livro da mala com a maior naturalidade, gritando por dentro que ainda era tempo, bastava falar que ainda não acabara de ler, quando acabasse... Depois dizia que o livro não prestava, era imoral, o rasgara. Isso até me engrandeceria... Mas estava um caos. E até que ponto a esperança de Frederico Paciência ter certas revelações... E o livro foi entregue com a maior naturalidade, sem nenhuma hesitação no gesto. Frederico Paciência ainda riu pra mim, não pude rir. Sentia um cansaço. E puro. E impuro.

Passei noite de beira-rio. Nessa noite é que todas essas ideias da exceção, instintos espaventados, desejos curiosos, perigos desumanos me picavam com uma clareza tão dura que varriam qualquer gosto. Então eu quis morrer. Se Frederico Paciência largasse de mim... Se se aproximasse mais... Eu quis morrer. Foi bom entregar o livro, fui sincero, pelo menos assim ele fica me conhecendo mais. Fiz mal, posso fazer mal a ele. Ah, que faça! ele não pode continuar aquela "infância". Queria dormir, me debatia. Quis morrer.

No dia seguinte Frederico Paciência chegou tarde, já principiadas as aulas. Sentou como de costume junto de mim. Me falou um bom-dia simples mas que imaginei tristonho, preocupado. Mal respondi, com uma vontade assustada de chorar. Como que havia entre nós dois um sol que não permitia mais nos vermos mutuamente. Eu, quando queria segredar alguma coisa, era com os outros colegas mais próximos. Ele fazia o mesmo, do lado dele. Mas ainda foi ele quem venceu o sol.

No recreio, de repente, eu bem que só tinha olhos pra ele, largou o grupo em que conversava, se dirigiu reto pra mim. Pra ninguém desconfiar, também me apartei do meu grupo e fui, como que por acaso, me encontrar com ele. Paramos frente a frente. Ele abaixou os olhos, mas logo os ergue com esforço. Meu Deus! por que não fala! O olho, o procuro nos olhos, lhe devorando os olhos internados, mas o olho com tal ansiedade, com toda a perfeição do ser, implorando me tornar sincero, verdadeiro, digníssimo, que Frederico Paciência é que pecou. Baixou os olhos outra vez, tirando de nós dois qualquer exatidão. Murmurou outra coisa:

– Pus o livro na sua mala, Juca. Acho bom não ler mais essas coisas.

Percebi que eu não perdera nada, fiquei numa alegria doida. Ele agora estava me olhando na cara outra vez, sereno, generoso, e menti. Fui de uma sem-vergonhice grandiosa, menti apressadamente, com um tal calor de sinceridade que eu mesmo não chegava bem a perceber que era tudo mentira. Mas falei comprido e num momento percebi que Frederico Paciência não estava acreditando mais em mim, me calei. Fomos nos ajuntar aos colegas. Era tristeza, era tristeza sim o que eu sentia, mas com um pouco também de alegria de ver o meu amigo espezinhado, escondendo que não me acreditava, sem coragem pra me censurar, humilhado na insinceridade. Eu me sentia superior!

Mas essa tarde, quando saímos juntos no passeio, numa audácia firme de gozar Frederico Paciência não dizendo o que sentia, eu levava um embrulho bem-feitinho comigo. Quando Frederico Paciência perguntou o que era, ri só de lábios feito uma caçoada amiga, o olhando de lado, sem dizer nada. Fui desfazendo bem saboreado o embrulho, era o livro. Andava, olhava sempre o meu amigo, riso no beiço, brincador, conciliador, absolvido. E de repente, num gesto brusco, arrebentei o volume em dois. Dei metade ao meu amigo e principiei rasgando miudinho, folha por folha, a minha parte. Aí Frederico Paciência caiu inteiramente na armadilha. O rosto dele brilhou numa felicidade irritada por dois dias de trégua, e desatamos a rir. E as ruas foram sujadas pelos destroços irreconstituíveis da *História da prostituição na Antiguidade*. Eu sabia que ficava um veneno em Frederico Paciência, mas isso agora não me inquietava mais. Ele, inteiramente entregue, confessava, agora que estava liberto do livro, que ler certas coisas, apesar de horríveis, "dava uma sensação esquisita, Juca, a gente não pode largar".

Diante de uma amizade assim tão agressiva, não faltaram bocas de serpentes. Frederico Paciência, quando a indireta do gracejo foi tão clara que era impossível não perceber o que pensavam de nós, abriu os maiores olhos que lhe vi. Veio uma palidez de crime e ele cegou. Agarrou o ofensor pelo gasnete e o dobrou nas mãos inflexíveis. Eu impassível, assuntando. Foi um custo livrar o canalha. Forcejavam pra soltar o rapaz daquelas mãos endurecidas numa fatalidade estertorante. Eu estava com medo, de assombro. Falavam com Frederico Paciência, o sacudiam, davam nele, mas ele quem disse acordar! Só os padres que acorreram com o alarido e um bedel atleta conseguiram apartar os dois. O canalha caiu desacordado no chão. Frederico Paciência só grunhia "Ele me ofendeu", "Ele me ofendeu". Afinal – todos já tinham tomado o nosso partido, está claro, com dó de Frederico Paciência, convencidos da nossa pureza – afinal uma frase de colega esclareceu os padres. O castigo foi grande mas não se falou de expulsão.

Eu não. Não falei nada, não fiz nada, fiquei firme. No outro dia o rapaz não apareceu no colégio e os colegas inventaram boatos medonhos, estava gravíssimo, estava morto, iam prender Frederico Paciência. Este, soturno. Parecia nem ter coragem pra me olhar, só me falava o indispensável, e imediato afinei com ele, soturnizado também. Felizmente não nos veríamos à saída, ele detido pra escrever quinhentas linhas por dia durante uma semana – castigo habitual dos padres. Mas no segundo dia o canalha apareceu. Meio ressabiado, é certo, mas completamente recomposto. Tinha chegado a minha vez.

Calculadamente avisei uns dois colegas que agora era comigo que ele tinha que se haver. Foram logo contar, e embora da mesma força que eu, era visível que ele ficou muito inquieto. Inventei uma dor-de-cabeça pra sair mais cedo, mas os olhos de todos me seguindo, proclamavam o grande espetáculo próximo. Na saída, acompanhado de vários curiosos, ele vinha muito pálido, falando com exagero que se eu me metesse com ele usava o canivete. Saí da minha esquina, também já alcançado por muitos, e convidei o outro pra descermos na várzea perto. Eu devia estar pálido também, sentia, mas nada covarde. Pelo contrário: numa lucidez gélida, imaginando jeito certo de mais bater que apanhar. Mas o rapaz fraquejou, precipitando as coisas, que não! que aquilo fora uma brincadeira besta dele, aí um soco nas fuças o interrompeu. O sangue saltou com fúria, o rapaz avançou pra cima de mim, mas vinha como sem vontade, descontrolado, eu gélido. Outro soco lhe atingiu de novo o nariz. Ele num desespero me agarrou pelo meio do corpo, foi me dobrando, mas com os braços livres, eu malhava a cara dele, gostando do sangue me manchando as mãos. Ele gemeu um "ai" flébil, quis chorar num bufido infantil de dor pavorosa. Não sei, me deu uma repugnância do que ele estava sofrendo com aqueles socos na cara, não pude suportar: com um golpe de energia que até me tonteou, botei o cotovelo no queixo dele, e um safanão o atirou longe. Me agarraram. O rapaz, completamente desatinado, fugiu na carreira.

Umas censuras rijas de transeuntes, nem me incomodei, estava sublime de segurança. Qualquer incerteza, qualquer hesitação que me nascesse naquele alvoroço interior em que eu escachoava, a imagem, mas única, exclusiva realidade daquilo tudo, a imagem de Frederico Paciência estava ali pra me mover. Eu vingara Frederico Paciência! Com a maior calma, peguei na minha mala que um colega segurava, nem disse adeus a ninguém. Fui embora compassado. Tinha também agora um sol comigo. Mas um sol ótimo, diferente daquele que me separa de meu amigo no caso do livro. Não era glória nem vanglória, nem volúpia de ter vencido, nada. Era um equilíbrio raro – esse raríssimo de quando a gente age como homem-feito, quando se é rapaz. Puro. E impuro.

Procurei Frederico Paciência essa noite e contei tudo. Primeiro me viera a vaidade de não contar, bancar o superior, fingindo não dar importância à briga, só pra ele saber de tudo pelos colegas. Mas estava grandioso por demais pra semelhante inferioridade. Contei tudo, detalhe por detalhe. Frederico Paciência me escutou, eu percebia que ele escutava devorando, não podendo perder um respiro meu. Fui heroico, antes: fui artista! Um como que sentimento de beleza me fez ajuntar muito pouca fantasia à descrição, desejando que ela fosse bem simples. Quando acabei, Frederico Paciência não disse uma palavra só, não aprovou, não desaprovou. E uma tristeza nos envolveu, a tristeza mais feliz de minha vida. Como estava bom, era quase sensual, a gente assim passeando os dois, tão tristes...

Mas de tudo isso, do livro, da invencionice dos colegas, da nossa revolta exagerada, nascera entre nós uma primeira, estranha frieza. Não era medo da calúnia alheia, era como um quebrar de esperanças insabidas, uma desilusão, uma espécie amarga de desistência. Pelo contrário, como que basofientos, mais diante de nós mesmos que do mundo, nasceu de tudo isso o nos aproximarmos fisicamente um do outro, muito mais que antes. O abraço ficou cotidiano em nossos bons-dias e até-logos.

Agora falávamos insistentemente da nossa "amizade eterna", projetos de nos vermos diariamente a vida inteira, juramentos de um fechar os olhos do que morresse primeiro. Comentando às claras o nosso amor de amigo, como que procurávamos nos provar que daí não podia nos vir nenhum mal, e principalmente nenhuma realização condenada pelo mundo. Condenação que aprovávamos com assanhamento. Era um jogo de cabeças unidas quando sentávamos pra estudar juntos, de mãos unidas sempre, e alguma vez mais rara, corpos enlaçados nos passeios noturnos. E foi aquele beijo que lhe dei no nariz depois, depois não, de repente no meio duma discussão rancorosa sobre se Bonaparte era gênio, eu jurando que não, ele que sim. – Besta! – Besta é você! Dei o beijo, nem sei! parecíamos estar afastados léguas um do outro nos odiando. Frederico Paciência recuou, derrubando a cadeira. O barulho facilitou nosso fragor interno, ele avançou, me abraçou com ansiedade, me beijou com amargura, me beijou na cara em cheio dolorosamente. Mas logo nos assustou a sensação de condenados que explodiu, nos separamos conscientes. Nos olhamos olho no olho e saiu o riso que nos acalmou. Estávamos verdadeiros e bastantes ativos na verdade escolhida. Estávamos nos amando de amigo outra vez; estávamos nos desejando, exaltantes no ardor, mas decididos, fortíssimos, sadios.

– Precisamos tomar mais cuidado.

Quem falou isso? Não sei se fui eu se foi ele, escuto a frase que jorrou de nós. Jamais fui tão grande na vida.

Mas agora já éramos amigos demais um do outro, já o convívio era alimento imprescindível de cada um de nós, para que o cuidado a tomar decidisse um afastamento. Continuamos inseparáveis, mas tomando cuidado. Não havia mais aquele jogo de mãos unidas, de cabeças confundidas. E quando por distração um se apoiava no outro, o afastamento imediato, rancoroso deste, desapontava o inocente.

O pior eram as discussões, cada vez mais numerosas, cada vez porventura mais procuradas. Quando a violência duma briga, "Você é uma besta!", "Besta é você!", nos excitava fisicamente demais, vinha aquela imagem jamais confessada do incidente do beijo, a discussão caía de chofre. A mudez súbita corrigia com brutalidade o caminho do mal e perseverávamos deslumbradamente fiéis à amizade. Mas tudo, afastamentos, correções, discussões quebradas em meio, só nos fazia desoladamente conscientes, em nossa hipocrisia generosa, de que aquilo ou nos levava para infernos insolúveis, ou era o princípio dum fim.

Com a formatura do ginásio descobrimos afinal um pretexto para iniciar a desagregação muito negada, e mesmo agora impensada, da nossa amizade. Falo que era "pretexto" porque me parece que tinha outras razões mais ponderosas. Mas Frederico Paciência insistia em fazer exames ótimos aquele último ano. Eu não pudera me resolver a estudos mais severos, justo num ano de curso em que era de praxe os examinadores serem condescendentes. Na aparência, nunca nos compreendêramos tão bem, tanto eu aceitava a honestidade escolar do meu amigo, como ele afinal se dispusera a compreender minha aversão ao estudo sistemático. Mas a diferença de rumos o prendia em casa e me deixava solto na rua. Veio uma placidez.

Tinha outras razões mais amargas, tinha os bailes. E havia a Rose aparecendo no horizonte, muito indecisa ainda. Se pouco menos de ano antes, conhecêramos juntos para que nos servia a mulher, só agora, nos dezesseis anos, é que a vida sexual se impusera entre os meus hábitos. Frederico Paciência parecia não sentir o mesmo orgulho de semostração e nem sempre queria me acompanhar. Às vezes me seguia numa contrariedade sensível. O que me levava ao despeito de não o convidar mais e a existir um assunto importantíssimo pra ambos, mas pra ambos de importância e preocupações opostas. A castidade serena de meu amigo, eu continuava classificando de "infâncias". Frederico Paciência, por seu lado, se escutava com largueza de perdão e às vezes certa curiosidade os meus descobrimentos de amor, contados quase sempre com minúcia raivosa, pra machucar, eu senti mais de uma vez que ele se fatigava em meio da narrativa insistente e se perdia em pensamentos de mistério, numa melancolia grave. E eu parava de falar. Ele não insistia. E ficávamos contrafeitos, numa solidão brutalmente física.

Mas ainda devia ter razões mais profundas para aquela desagregação sutil de amizade, desagregação, insisto, em que não púnhamos reparo. É que tínhamos nos preocupado demais com o problema da amizade, pra que a nossa não fosse sempre um objeto, é pena, mas bastante exterior a nós, um objeto de experimentação. De forma que passada em dois anos toda a aventura da amizade nascente, com suas audácias e incidentes, aquele prazer sereno da amizade cotidiana se tornara um "caso consumado". E isso, para a nossa rapazice necessariamente instável, não interessava quase. Nos amávamos agora com verdade perfeita mas sem curiosidade, sem a volúpia de brincar com fogo, sem aprendizado mais. E fora em defesa da amizade mesma que lhe mudáramos a... a técnica de manifestação. E esta técnica, feita de afastamentos e paciências, naquele estádio de verdades muito preto e branco, era uma pequena, voluntária desagregação impensada. De maneira que adquiríamos uma convicção falsa de que estávamos nos afastando um do outro, por incapacidade, ou melhor: por medo de nos analisarmos em nossa desagregação verdadeira, entenda quem quiser. No colégio éramos apenas colegas. De-noite não nos encontrávamos mais, ele estudando. Mas que domingos sublimes agora, quando algum piquenique detestado mas aceito com prazer espetacular muito fingido, não vinha perturbar nosso desejo de estarmos sós. Era uma ventura incontável esse encontro dominical, quanta franqueza, quanto abandono, quanto passado nos enobrecendo, nos aprofundando e era como uma carícia longa, velha, entediada. Vivíamos por vezes meia hora sem uma palavra, mas em que nossos espíritos, nossas almas entreconhecidas se entendiam e se irmanavam com silêncio vegetal.

Estou lutando desde o princípio destas explicações sobre a desagregação da nossa amizade, contra uma razão que me pareceu inventada enquanto escrevia, para sutilizar psicologicamente o conto. Mas agora não resisto mais. Está me parecendo que entre as causas mais insabidas, tinha também uma espécie de despeito desprezador de um pelo outro... Se no começo invejei a beleza física, a simpatia, a perfeição espiritual normalíssima de Frederico Paciência, e até agora sinto saudades de tudo isso, é certo que essa inveja abandonou muito cedo qualquer aspiração de ser exatamente igual ao meu amigo. Foi curtíssimo, uns três meses, o tempo em que tentei imitá-lo. Depois desisti, com muito propósito. E não era porque eu conseguisse me reconhecer na impossibilidade completa de imitá-lo, mas porque eu, sinceramente, sabei-me lá por quê! não desejava mais ser um Frederico Paciência!

O admirava sempre em tudo, mesmo porque até agora o acho cada vez mais admirável, até em sua vulgaridade que tinha muito de ideal. Mas pra mim, para o ser que eu me quereria dar, eu... eu corrigia Frederico Paciência. E é certo que não o corrigia no sentido da perfeição, sinceramente eu considerava Frederico Paciência perfeito, mas no sentido de uma outra concepção do ser, às vezes até diminuída de perfeições. A energia dele, a segurança serena, sobretudo aquela como que incapacidade de errar, aquela ausência do erro, não me interessavam suficientemente pra mim. E eu me surpreendia imaginando que se as possuísse, me sentiria diminuído.

E enfim eu me pergunto ainda até que ponto, não só para o meu ideal de mim, mas para ele mesmo, eu pretendera modificar, "corrigir" Frederico Paciência no sentido desse outro indivíduo ideal que eu desejara ser, de que ele fora o ponto-de-partida?... É certo que ele sempre foi pra comigo muito mais generoso, me aceitou sempre tal como eu era, embora interiormente, estou seguro disso, me desejasse melhor. Se satisfazia de mim para amigo, ao passo que a mim desde muito cedo ele principiou sobrando. Assim: o nos afastarmos um do outro em nossa cotidianidade, o que chamei já agora erradamente, tenho certeza, de "desagregação", era mas apenas um jeito da amizade verdadeira. Era mesmo um aperfeiçoamento de amizade, porque agora nada mais nos interessava senão o outro tal como era, em nossos encontros a sós: nos amávamos pelo que éramos, tal como éramos, desprendidamente, gratuitamente, sem o instinto imperialista de condicionar o companheiro a ficções de nossa inteira fabricação. Estou convencido que perseveraríamos amigos pela vida inteira, se ela, a tal, a vida, não se encarregasse de nos roubar essa grandeza.

Pouco depois de formados, ano que foi de hesitação pra nós, eu querendo estudar pintura mas "isso não era carreira", ele medicina, mas os negócios prendendo a São Paulo a gente dele, uma desgraça me aproximou de Frederico Paciência: morreu-lhe o Pai. Me devotei com sinceridade. Nascera em mim uma experiência, uma... sim, uma paternidade crítica em que as primeiras hesitações de Frederico Paciência puderam se apoiar sem reserva.

Meu amigo sofreu muito. Mas, sem indicar insensibilidade nele (aliás era natural que não amasse muito um pai que fora indiferentemente bom) me parece que a dor maior de Frederico Paciência não foi perder o Pai, foi a decepção que isso lhe dava. Sentiu um espanto formidável essa primeira vez que deparou com a morte. Mas fosse decepção, fosse amor, sofreu muito. Fui eu a consolar e consegui o mais perfeito dos sacrifícios, fiquei muito mudo, ali. O melhor alívio para a infelicidade da morte é a gente possuir consigo a solidão silenciosa duma sombra irmã. Vai-se pra fazer um gesto, e a sombra adivinha que a gente quer água, e foi buscar. Ou de repente estende o braço, tira um fiapo que pegou na vossa roupa preta.

Dois dias depois da morte, ainda marcados pelas cenas penosas do enterro, a Mãe de Frederico Paciência chorava na saleta ao lado, se deixando conversar num grupo de velhas, quando ouvimos:

– Rico! (com erre fraco, era o apelido caseiro do meu amigo).

Fomos logo. De-pé, na frente da coitada, estava um homem de luto, *plastron*, nos esperando. E ela angustiada:

– Veja o que esse homem quer!

Viera primeiro apresentar os pêsames.

- ... conheci muito o vosso defunto pai, coitado. Nobre caráter... Mas como a sua excelentíssima progenitora poderá precisar de alguém, vim lhe oferecer os meus préstimos. Orgulho-me de ter em nosso cartório a melhor clientela de São Paulo. Para ficar livre das formalidades do inventário (e mostrava um papel) é só a sua excelentíssima...

Não sei o que me deu, tive um heroísmo:

- Saia!

O homem me olhou com energia desprezadora.

- Saia, já falei!

O homem era forte. Fiz um gesto pra empurrá-lo, ele recuou. Mas na porta quis reagir de novo e então o crivei, o crivamos de socos, ele desceu a escada do jardim caicaindo. Outra vez no quarto, era natural, estávamos muito bem-humorados. Contínhamos o riso pela conveniência da morte, mas foi impossível não sorrir com a lembrança do homem na escada.

- Deite pra descansar um pouquinho.

Ele deitou, exagerando a fadiga, sentindo gosto em obedecer. Sentei na borda da cama, como que pra tomar conta dele, e olhei o meu amigo. Ele tinha o rosto iluminado por uma frincha de janela vespertina. Estava tão lindo que o contemplei embevecido. Ele principiou lento, meio menino, reafirmando projetos. Iriam logo para o Rio, queria se matricular na Faculdade. O Rio... Mamãe é carioca, você já não sabia?... Tenho parentes lá. Com os lábios se movendo rubros, naquele ondular de fala propositalmente fatigada. Eu olhava só. Frederico Paciência percebeu, parou de falar de repente, me olhando muito também. Percebi o mutismo dele, entendi por que era, mas não podia, custei a retirar os olhos daquela boca tão linda. E quando os nossos olhos se encontraram, quase assustei porque Frederico Paciência me olhava, também como eu estava, com olhos de desespero, inteiramente confessado. Foi um segundo trágico, de tão exclusivamente infeliz. Mas a imagem do morto se interpôs com uma presença enorme, recente por demais, dominadora. Talvez nós não pudéssemos naquele instante vencer a fatalidade em que já estávamos, o morto é que venceu.

Depois de dois meses de preparativos que de novo afastaram muito Frederico Paciência de mim, veio a separação. A última semana de nossa amizade (não tem dúvida: a última. Tudo o mais foram idealismos, vergonhas, abusos de preconceitos), a última semana foram dias de noivado pra nós, que de carícias! Mas não quisemos, tivemos um receio enorme de provocar um novo instante como aquele de que o morto nos salvara. Não se trocou palavra sobre o sucedido e forcejamos por provar um ao outro a inexistência daquela realidade estrondosa, que nos conservara amigos tão desarrazoados mas tão perfeitos por mais de três anos. Positivamente não valia a pena sacrificar perfeição tamanha e varrer a florada que cobria o lodo (e seria o lodo mais necessário, mais "real" que a florada?) numa aventura insolúvel. Só que agora a proximidade da separação justificava a veemência dos nossos transportes. Não saíamos da casa dele, com vergonha de mostrar a um público sem nuanças, a impaciência das nossas carícias. Mudos, muitas vezes abraçados, cabeças unidas, naquele sofá trazido da sala-de-visitas, que ficara ali. Quando um dizia qualquer coisa, o outro concordava depressa, porque, mais que a complacência da despedida, nos assustava demais o perigo de discutir. E a única vez em que, talvez esquecido, Frederico Paciência se atirou sobre a cama porque o sono estava chegando, fiquei hirto, excessivamente petrificado, olhando o chão com tão desesperada fixidez, que ele percebeu. Ou não percebeu e a mesma lembraça feroz o massacrou. Foi levantando disfarçado. E de repente, quase gritando, é que falou:

– Mas Juca, o que você tem!

Eu tinha os olhos cheios de lágrimas. Ele sentou e ficamos assim sem falar mais. E era assim que ficávamos aquelas horas exageradamente brevíssimas de adeus. Depois um vulto imaterial de senhora, sacudindo a cabeça, querendo sorrir, lacrimosa, nos falava:

– Meus filhos, são onze horas!

Frederico Paciência vinha me trazer até casa. Sofríamos tanto que parece impossível sofrer com tamanha felicidade. E toda noite era aquilo: a boca rindo, os olhos cheios de lágrimas. Sucedeu até que depois de deixado, eu batesse de novo à porta, fosse correndo alcançar Frederico Paciência, e o acompanhasse à casa dele outra vez. E agora íamos abraçados, num desespero infame de confessar descaradamente ao universo o que nunca existira entre nós dois. Mas assim como em nossas casas agora todos nos respeitavam, enlutados na previsão dum drama venerável de milagre, nos deixando ir além das horas e quebrar quaisquer costumes, também os transeuntes tardos, farristas bêbados e os vivos da noite, nos miravam, não diziam nada, deixando passar.

Afinal a despedida chegou mesmo. Curta, arrastada, muito desagradável, com aquele trem custando a partir, e nós ambos já muito indiferentes um pelo outro, numa já apenas recordação sem presença, que não entendíamos nem podia nos interessar. O sorriso famoso que quer sorrir mas está chorando, chorando muito, tudo o que a vida não chorou. "Então? adeus?"; "Qual! até breve!"; "Você volta mesmo!..."; "Juro que volto!". O soluço que engasga na risada alegre da partida, enfim livre! O trem partindo. Aquela sensação nítida de alívio. Você vai andando, vê uma garota, e já está noutro mundo. Tropeça num do grupo que sai da estação, "Desculpe!", ele vos olha, é um rapaz, os dois riem, se simpatizam, poderia ser uma amizade nova. E as luzes miraculosas, rua de todos.

Cartas. Cartas carinhosíssimas fingindo amizade eterna. Em mim despertara o interesse das coisas literárias: fazia literatura em cartas. Cartas não guardadas que ficam por aí, tomando lugar, depois jogadas fora pela criada, na limpeza. Cartas violentamente reclamadas, por causa da discussão com a criadinha, discussões conscientemente provocadas porque a criadinha era gorda. Cartas muito pouco interessantes. O que contávamos do que estava se passando com nossas vidas, Rico na Medicina, eu na música e fazendo versos, o caso até chateava o outro. Sim: tenho a certeza que a ele também aporrinhava o que eu dizia. As cartas se espaçavam.

Foi quando um telegrama veio me contando que a Mãe de Frederico Paciência morrera. Não resistira à morte do marido, como um médico bem imaginara. É indizível o alvoroço em que estourei, foi um deslumbramento, explodiu em mim uma esperança fantástica, fiquei tão atordoado que saí andando solto pela rua. Não podia pensar: realidade estava ali. A Mãe de Rico, que me importava a Mãe de Frederico Paciência! E o que é mais terrível de imaginar: mas nem a ele o sofrimento inegável lhe importava: a morte lhe impusera o desejo de mim. Nós nos amávamos sobre cadáveres. Eu bem que percebia que era horrível. Mas por isso mesmo que era horrível, pra ele mais forte que eu, isso era decisório. E eu me gritava por dentro, com o mais deslavado dos cinismos conscientes, fingindo e sabendo que fingia: Rico está me chamando, eu vou. Eu vou. Eu preciso ir. Eu vou.

Desta vez o cadáver não seria empecilho, seria ajuda, o que nos salvou foi a distância. Não havia jeito de eu ir ao Rio. Era filho-família, não tinha dinheiro. Ainda assim pedi pra ir, me negaram. E quando me negaram, eu sei, fiquei feliz, feliz! Eu bem sabia que haviam de me negar, mas não bastava saber. Como que eu queria tirar de cima de mim a responsabilidade da minha salvação. Ou me tornar mais consciente da minha pobreza moral. Fiquei feliz, feliz! Mandei apenas "sinceros pêsames" num telegrama.

Foi um fim bruto, de muro. Ainda me lembrei de escrever uma carta linda, que ele mostrasse a muitas pessoas que ficavam me admirando muito. Como ele escreve bem! diriam. Mas aquele telegrama era uma recusa formal. Sei que em mim era sempre uma recusa desesperada, mas o fato de parecer formal me provava que tudo tinha se acabado entre nós. Não escrevi. E Frederico Paciência nunca mais me escreveu. Não agradeceu os pêsames. A imagem dele foi se afastando, se afastando, até se fixar no que deixo aqui.

Me lembro que uma feita, diante da irritação enorme dele comentando uma pequena que o abraçara num baile, sem a menor intenção de trocadilho, só pra falar alguma coisa, eu soltara:

– Paciência, Rico.

– Paciência me chamo eu!

Não guardei este detalhe para o fim, pra tirar nenhum efeito literário, não. Desde o princípio que estou com ele pra contar, mas não achei canto adequado. Então pus aqui porque, não sei... essa confusão com a palavra "paciência" sempre me doeu malestarentamente. Me queima feito uma caçoada, uma alegoria, uma assombração insatisfeita.

NELSON

São Paulo • 1943

– *Você conhece?*

– Eu não, mas contaram ao Basílio o caso dele.

O indivíduo chamava a atenção mesmo, embora não mostrasse nada de berrantemente extraordinário. Tinha um ar esquisito, ar antigo, que talvez lhe viesse da roupa mal talhada. Mas que por certo derivava da cara também, encardida, de uma palidez absurda, quase artificial, como a cara enfarinhada dos palhaços. Olhos pequenos, claros, à flor da pele, quase que apenas aquela mancha cinzenta, vaga, meio desaparecendo na brancura sem sombra do rosto.

Deu uma olhadela disfarçada, bem de tímido, assuntando o ambiente mal iluminado do bar. Ainda hesitou, numa leve ondulação de recuo, mas acabou indo sentar no outro lado da sala vazia. Percebeu que os rapazes o examinavam, ficou inquieto, entre gestos inúteis. Pretendeu se acalmar e depôs as duas mãos, uma agarrando a outra, sobre a toalha. Mas como que se arrependeu de mostrá-las, retirou-as rápido pra debaixo da mesa. Se lembrou de repente que não tirara o chapéu, estremeceu, quis sorrir, disfarçando a encabulação. Mas corou muito, tirou num gesto brusco o chapéu, escondeu-o no banco em que sentara, ao mesmo tempo que lançava novo olhar furtivo, muito angustiado, meio implorante, aos rapazes. E estes fingiram que não o examinavam mais, envergonhados da curiosidade.

– Não parece brasileiro...

– Diz-que é. Mora só, numa daquelas casinhas térreas da alameda do Triunfo, perto de mim. Ele mesmo faz a comida dele...

Parou, gozando o interesse que causava. Era desses vaidosos que não contam sem martirizar o ouvinte com pausas de efeito, perguntas de adivinhação, detalhes sem eira nem beira. Continuou: "Vocês todos sabem onde que ele faz as compras dele!"... Nova pausa. Os rapazes se mexeram impacientes. Um arrancou:

– Você garante que ele é brasileiro, enfim você sabe ou não sabe alguma coisa sobre ele!

– Eu sei a história dele completinha!... – Olhou lento, imperial os três amigos. Sorriu. – Mas, puxa! que lerdeza de vocês!... Eu disse que ele mora no Triunfo, pertinho de mim... Então vocês não são capazes de imaginar onde ele compra as coisas!...

– Ora desembucha logo, Alfredo! que diabo de mania essa!...

Diva passava levando dois duplos escuros. Era visível que ambos pertenciam ao desconhecido, pois não havia mais ninguém no bar. Recebendo os duplos o homem ficou envergonhado, tornou a corar forte, mandando outro olho de relance aos rapazes. Falou qualquer coisa à garçonete, que ficou esperando. Então ele emborcou o primeiro chope com sofreguidão, bebeu tudo duma vez só, entregando o copo à moça. E Diva se retirou, sorrindo ao "muito obrigado" quente que o homem lhe dizia.

Os rapazes voltavam pensativos aos seus chopes, o desconhecido era de-fato um sujeito extravagante... Alfredo aproveitou a preocupação de todos, pra retomar importância. Mas agora "desembuchava" mais rápido.

– Pois ele compra tudo no Basílio, e o Basílio é que sabe a história dele bem. Põe tamanha confiança no vendeiro que até pede pra ele fazer compras na cidade, camisa, roupa de baixo... Diz-que foi até bastante rico. Ele é de Mato Grosso, possuía uma fazenda de criar no sul do Estado, não tinha parente nenhum depois que a mãe morreu. De vez em quando atravessava a fronteira que ficava ali mesmo, dava uma chegada em Assunção que é a capital do Paraguai...

– Não sabia! pensei que era Campinas!

– ... ia lá só pra farrear, vivendo naquele jejum da fazenda... – Achou graça em si mesmo e quis tirar mais efeito: – Em Assunção desjejuava a valer. Mas um dia acabou trazendo uma paraguaia pra fazenda, com ele. Era uma moça lindíssima e ele tinha paixão por ela, dava tudo pra ela. Trabalhava e era pra ela; ia na cidade por um dia, imaginem pra quê!... Voltava carregado de presentes muito caros. Mesmo na fazenda ela só arrastava seda. Mas que ela merecesse, merecia porque também gostava muito dele e os dois viviam naquele amor. Mas a maior besteira dele, isso dava um doce se vocês imaginassem?

Quis parar, mas um dos companheiros percebendo asperejou irritado:

– Não dê o doce e continue, Alfredo! – Pois acabou passando a fazenda com gado e tudo e ainda umas casas que tinha em Cuiabá, passou tudo para o nome dela, porque ela já fizera operação, mocinha, e não podia ter filho que herdasse. Não sei se vocês sabem: ... mesmo casada no juiz, se não tivesse filho e ele morresse, ela não herdava um isto. E agora é que estou vendo que o Basílio não me informou se eles eram casados, amanhã mesmo vou saber...

– Mas... me diga uma coisa, Alfredo: isso interessa pro caso!

– Quer dizer... interessar sempre interessa... Mas afinal aquela vida era chata pra moça tão bonita que não podia ser vista nem apreciada por ninguém, não durou muito ela principiou entristecendo. Ele vinha e perguntava, porém ela sempre respondia que não tinha nada e virava o rosto pra não dar demonstração que estava chorando. Ele fez tudo. Comprou uma vitrola, comprou um rádio e a casa se encheu de polcas paraguaias. Depois até principiou aprendendo o guarani com ela, o castelhano já falava muito bem.

Era que ele imaginou ficar mais tempo junto da moça, em vez de passar o dia inteiro no campo, cuidando do gado.

– Mas também que sujeito mais besta – interrompeu um dos rapazes irritado. Ele era rico, não era?

– Era...

– Pois então por que não ia fazer uma viagem!

– Pois fez, mas aí é que foi a causa de tudo. Eles resolveram ir passear em Assunção, se divertiram tanto que passaram dois meses lá. Quando voltaram ela até parecia outra, de tão alegre outra vez, e fizeram projeto de todos os anos ir passear assim, se divertindo com os outros, o amor é que não havia meios de afrouxar. Já antes da viagem, no tempo da tristeza, ele assinara uma porção de revistas, até norte-americanas, pra ver se ela se distraía, ela nem olhava pras figuras. Pois agora de volta na fazenda, adivinhem pra o que ela deu!...

– Ora, deu para ler as revistas!

– Não.

– Deu pra ficar triste outra vez.

– Não!

– Se acostumou...

– Não!

– Ora foi ver se você estava na esquina, ouviu!

Os rapazes estavam totalmente desinteressados da história do Alfredo. Um deles olhou o homem, de quem a garçonete se aproximava outra vez, levando mais um chope. O homem, percebendo a moça, retirou brusco as mãos que descansavam na mesa, uma sobre a outra. Novo olhar angustiado aos rapazes.

– Parece que ele tem qualquer coisa na mão esquerda, o rapaz avisou interessado. Não! não virem agora que ele está olhando pra cá, mas nem bem Diva ia chegando com o chope, ele escondeu a mão. Diva!

A moça veio se chegando, familiar.

- Mais chope. Diga uma coisa... chegue mais pra cá.

A moça chegou contrafeita, depois de uma leve hesitação. Ela sabia que iam lhe falar do desconhecido, e quando o rapaz perguntou o que o homem tinha na mão, ela quase gritou um "Nada!" agressivo. E como o rapaz procurasse agarrá-la pelo braço, ainda perguntando se o homem não tinha um defeito qualquer, ela se desvencilhou irritada, murmurando "Não!", "Não sei!", partiu confusa. O contador interrompido pretendeu readquirir importância, afirmando apressado:

- É uma cicatriz medonha, não queiram saber! Foi numa briga, parece que até ele perdeu um dedo, só que isso eu não sei como foi, o Basílio...

O quarto rapaz, que se conservara calado, olhando com uma espécie de riso o sabetudo, murmurou vingativo:

- Eu sei.

- Você sabe!

- Quer dizer: sei... Sei o que me contaram. É o polegar que ele perdeu. Parece que nem é só o polegar que falta, mas quase toda a carne do braço, é tudo repuxado, sem pele... Foi piranha que comeu.

- Safa!

- Eu não sei bem... tudo no detalhe. Como o Alfredo, eu não sei... Foi na Coluna Prestes... nem tenho certeza se ele estava com o exército ou com os revolucionários. Devia ser com estes porque ele era rapaz, se vê que não tem trinta anos.

- Isso não! garanto que já passa dos quarenta.

- Você está doido!

- Não... - arrancou o Alfredo, meio contra a vontade. - Isso eu também sei garantido que ele é novo ainda, o Basílio viu a caderneta dele... Tem vinte e sete, vinte e oito anos.

- Mas conta como foi a piranha.

- ... diz-que estava em Mato Grosso, um grupinho perseguido pelos contrários, desgarrado, pra uns nove homens quando muito.

Tinham se arranchado na casinha dum caboclo que ficava perto dum rio, quando o inimigo deu lá, era de noite. Foi aquele tiroteio feroz, eles dentro da casa, os outros no cerco. Quando viram que não se aguentavam mais, a munição estava acabando, decidiram furar pra banda do rio, onde o bote do caboclo estava amarrado na maromba...

– O que é maromba?

– É assim um estrado grande, pra servir de chão dos bois, quando o rio enche.

– Qual! tudo isso é história! pois você não vê logo que os polícias já deviam estar tomando conta do bote!

– Você está com despeito de eu saber, quer me atrapalhar à toa: pois é isso mesmo! Deixe eu acabar, você vai ver. Já era de madrugadinha, mas estava escuro ainda. De repente eles deram uma descarga juntos, e saíram embolados, frechando pro rio. Ainda conseguiram passar, que os... contrários, eu não falei que era polícia que cercava! enfim, os... outros, só tinha dois amoitados no caminhinho que levava ao porto, se acovardaram. Eles passaram na volada, gritando, desceram o barranco aos pulos, mas quando chegaram lá, tinha pra uns dez, de tocaia, na maromba. Se atracaram uns com os outros, e esse um aí se abraçou com um inimigo e os dois rolaram no rio, afundando. Bem, mas quando voltaram à tona, sempre grudados um no outro, lutando, o diabo é o que tinham vindo parar bem debaixo... não sei se vocês sabem... lá, por causa de enchente, eles usam construir um cais flutuante pra embarcar e desembarcar. O desse porto por sinal que era bem-feito e mais grande, porque era por ali que a estrada do governo atravessava o rio: uma espécie de caixão grande bem chato, feito de pranchões. Pois foi justo debaixo disso que os dois vieram surgir e já estavam desesperados de vontade de respirar, não se aguentavam mais. Por cima era aquele barulhão de gente brigando, o caixão sacudia muito, mais outros caíam n'água...

Os dois não queriam, decerto nem podiam se largar, mas não sei como foi, se uma das pranchas da parte inferior estava podre e cedeu, ou se havia o buraco mesmo... sei é que num balanço que o caixão fez com os homens que brigavam em cima deles, esse um ali sentiu que ia saindo fora d'água e pôde respirar. Mas estava com a cabeça enforcada dentro do caixão chato, até batendo no plano dos pranchões de cima, parece que estou vendo! quem me contou foi o Querino do gás... Mas ele respirou fundo, foi ganhando consciência e percebeu que os músculos do adversário afrouxavam. Se ele largasse, o outro afundava, ia sair lá mais no largo e denunciava o esconderijo dele, apertou mais. Por cima o inferno já estava diminuindo, o caixão sacudia menos, paravam com a gritaria dos insultos. Afinal ele percebeu que os inimigos tinham dominado a situação, eram muito mais numerosos. Um que mandava nos outros, dava ordens, afirmava que faltavam dois do grupo inimigo, um era ele, está claro. A manhã principiava branqueando o rio. Procuravam no largo pra ver se tinha alguém nadando... Alguns foram mandados percorrer o matinho ralo da margem. Dois outros, no bote, se metiam pelas canaranas pra ver se descobriam os fugitivos. Foi quando deram pela falta de um chamado Faustino, gritavam "Faustino! Faustiiííino!", e ele percebeu que tinha matado um sujeito chamado Faustino. Mas quem disse largar o cadáver que agarrava pelo gasnete com a mão esquerda. O corpo era capaz que boiasse, saindo de baixo do caixão, haviam de desconfiar. Na margem e na maromba ao lado, o pessoal se acalmavam, era um dia claro. Não tinham achado nem os fugitivos nem Faustino, vinham contando os que voltavam da procura. Então o chefe mandou que dois ficassem de vigia na maromba, e o resto dos perseguidores foram lá na casa do caipira ver se faziam um café. Ele estava quase vestido, calça cáqui, botas. Mas não tivera tempo de vestir o dólmã, com a surpresa do ataque, e a camisa tinha se rasgado muito, justo no braço esquerdo que estava dentro d'água, agarrando o corpo do Faustino. Fazia já algum tempo que ele vinha percebendo uns estremeções esquisitos na cara do morto, pois súbito sentiu uma ferroada na mão. O rio não era de muita piranha, mas tinha alguma sim. Outra ferroada mais forte e logo ele conferiu que era piranha mesmo, não havia mais dúvida. E acudia cada vez mais piranha, o que ele não aguentou! As piranhas mordiam, arrancavam pedacinhos da mão dele e depois do braço também, mas ele ali, sem se mover. Lá em cima na maromba as duas sentinelas conversavam na calma. Ele percebeu, ia desfalecer na certa, porque já quase nem se aguentava mais, vista turvando. Então, com muito cuidado, muita lentidão pra os vigias não repararem, cuidou de enfiar mais que a mão direita, o braço inteiro no buraco dos pranchões porque assim, se desmaiasse, pelo menos ficava enganchado ali. Foi quando perdeu os sentidos. Até fica difícil garantir que perdeu os sentidos ou não perdeu, nem ele sabe, nem sabe o tempo que passou. Só que as forças acabaram cedendo, teve um momento em que ele foi chamado à consciência porque estava engolindo água, sem ar, se afogando. Mesmo fraco como estava, bracejou, voltou à tona, se agarrou nas canaranas, conseguiu chegar num chão mais firme e então desmaiou de verdade. Quando voltou a si, o sol estava bem alto já, devia ser pelo meio do dia. Os inimigos já tinham ido-se embora. Então o pobre, ainda ajuntando um resto de força que possuía, conseguiu se arrastar até próximo da casa do caboclo. Quando este voltou, mais a mulher, lá dum vizinho longe onde tinham se refugiado, encontraram o homem estendido no terreiro, moribundo. Trataram dele. É o que eu sei... o Querino é que anda contando porque até eu vi, isso eu vi, ele conversando animado com esse homem, porque andou vários dias inda na casa dele pra fazer uma instalação de gás. Ele acabou sarando mas diz-que ficou meio amalucado... Se não ficou, parece.

Olharam o homem. Ele já estava no quarto ou quinto duplo, já agora como inteiramente esquecido de mais ninguém. Tinha o queixo no peito, se derreara no banco, olhando fixamente o chope escuro. A mão direita inquieta tamborilava sobre a mesa, mas a esquerda se escondera preventivamente no bolso da calça. Um dos rapazes se lembrou do caso que o Alfredo estava contando.

- Safa! mas que caso mais diferente do do Alfredo!

Mas este, ríspido:

- Nnnnão... deve ser o mesmo...

- Mas o que foi que sucedeu com a mulher?

- ... nnnnão tem importância.

- Ora deixa de besteira! Alfredo! que sujeito mais complicado, você!

- Não tenho nada de complicado não! Essa história de piranha comer braço de gente, eu nunca sube. O Basílio também me falou que o homem era de Mato Grosso, leu na caderneta de identidade... Mas ele ficou meio tantã não foi por causa de piranha não, foi a paraguaia. Quando ela voltou curada pra fazenda, como eu dizia, ela até às vezes acompanhava o marido a cavalo no campo, mas quando no geral ficava em casa, ficava ali, rádio aberto, lendo a quantidade de romances policiais e os outros livros que trouxera da cidade. E não tinha semana que um peão não trouxesse aquela quantidade de revistas que vinham do correio. Pois um dia, quando ele chegou em casa, a mulher estava fechada no quarto e não quis abir a porta. Ele bateu, chamou de todo jeito, ela gritava que não amolasse, até que ele perdeu a paciência e ameaçou arrombar a porta. Daí ela abriu e se percebia que tinha chorado muito. Olhou pra ele com ódio e gritou:

- O que você me quer! me deixa!

e coisas assim. Ele estava assombrado, perguntava, ela não respondia, foi no terraço e se atirou na rede, chorando feito louca. Mas isso?... ele que nem tocasse de leve nela com a mão, ela fugia o corpo como se ele fosse uma cobra. Não valeu carinho, não valeu queixa: ela estava muda, longe dele, olhando ele com ódio, e de repente falou que queria ir embora pra terra dela. Ele não podia entender, foi discutir, mas ela agarrou dando uns gritos, que ia-se embora mesmo, que não ficava mais ali, parecia uma doida, saltou da rede, desceu a escadinha do terraço e deitou correndo pelo pasto, como indo embora pro Paraguai. Foi um custo trazer ela pra casa, agarrada. Ele muito triste fazia tudo pra acalmar, jurava que no outro dia mesmo partiam pra Assunção, ela berrava que não! que havia de ir sozinha e não queria saber mais dele. Ninguém dormiu naquela casa. A moça acabou se fechando no quarto outra vez. Ele não quis insistir mais, imaginando que o passar da noite havia de acalmar aquela crise. Puxou uma cadeira e sentou bem na frente da porta, esperando. Não dormiu nada. Mas também a moça não dormiu, não vê! Toda a noite ele escutou ela remexendo coisas, era gaveta que abria, que fechava, móvel arrastando, coisas jogadas no chão.

Diva acabara de levar mais um chope ao homem. Veio se abraçar a um dos rapazes, perguntando se não pagavam um aperitivo. Dois dos rapazes se ajeitaram no banco em que estavam, cedendo o lugarzinho no meio onde ela se espalhou, encostando muito logo nos dois, pra ver se ao menos um mordia a isca. O homem do bar mesmo sem chamarem, muito acostumado, veio servir o vermute.

– ... bem, mas como eu estava contando, no dia seguinte, ainda nem ficara bastante claro, que a paraguaia abriu a porta do quarto. Vinha simples, até estava ridícula e bem feia com aquele rosto transtornado, num vestidinho caseiro, o mais usado, e uma trouxinha de roupa debaixo do braço. E falou dura que ia-se embora. Foi tudo em vão e esse homem...

– Que homem? Diva perguntou meio inquieta.

Esse que está bebendo chope escuro.

- Santa Maria! mas será que vocês não podem deixar o pobre do homem em paz!

- Fica quieta aí, Diva!

- Mas...

- Tome seu vermute.

Diva se acomodou de má vontade, irritada, enquanto o contador continuava:

- Pois ele gostava tanto da paraguaia que acabou cedendo, imaginando que aquilo havia de passar se ela partisse como estava exigindo. Mandou um próprio acompanhá-la. Depois ele ia atrás, Assunção é pequena, e o camarada ia industriado pra ficar por lá, seguindo a moça de longe. E ela foi embora, só, com a trouxinha, sem uma despedida, sem olhar pra trás. Quando ele foi pra entrar no quarto quase nem se podia andar lá dentro, tudo aos montes jogado no chão. Os vestidos estavam estraçalhados de propósito, picados devagar com a tesourinha de unha. As joias arrebentadas, pedras caras, até o brilhante grande do anel, fora do aro, relumeando na greta do assoalho. E os livros, os objetos, as meias de seda, até as roupas dele, ela não poupou nada. E não tinha levado absolutamente nada. Até a roupa de cama, também picada com a tesourinha, não sobrara nada sem estrago. Mas agora é que vocês vão se assombrar!... Só bem por cima dos dois travesseiros grandes, amontoados de propósito no meio da cama, um por cima do outro, tinha um livro. Esse não estava estragado como os outros. Imaginem que... bom, pra encurtar: era simplesmente uma *História do Paraguai* em espanhol, desses livros resumidos que a gente estudou no grupo. Folheando o livro, ele descobriu justamente na última página do capítulo que falava da guerra com o Brasil, está claro que tudo cheio de mentiras horríveis, ele descobriu naquela letrona dela que mal sabia assinar o nome: "Infames"!

- Quem que era infame?

- Safa, Diva, sua gente mesmo!

- Que "minha gente"?

- Os brasileiros, Diva!

- Eu não sou brasileira!

O rapaz sorrindo acarinhou os cabelos louros, frios dela. O contador ia comentando:

- Foi por causa da Guerra do Paraguai... O homem ficou feito doido, não podia mais passar sem ela, se botou atrás da moça, porém ela não houve meios de ceder. E pra não ser mais incomodada, acabou desaparecendo de Assunção, ninguém sabe pra onde. Foi uma trapalhada dos dianhos vocês nem imaginam, porque a fazenda, as propriedades não eram mais dele, e ela nunca reclamou nada, desapareceu pra sempre. Até andaram falando que ela suicidou-se, porque continuava apaixonadíssima pelo brasileiro, apesar. Mas isto nunca se conseguiu tirar a limpo. Ele é que vendeu o gado e ficou viajando por todo o Sul, sempre com pensão na amante. Quando foi da Revolução de 30, se meteu na revolução, sem gosto, sem acreditar em nada, só porque era revolução contra o Brasil. Diz-que ele ia ficando maníaco, odiava o Brasil e dava razão pra Solano Lopes que foi quem declarou a Guerra do Paraguai contra nós. Afinal conseguiu vender a fazenda e as casas de Cuiabá, mas dizem que na casa onde ele mora não tem nada. Só que ele prega na parede tudo quanto é notícia ofendendo o Brasil.

- Ah, não! isso não deve ser verdade senão o Querino me contava!

- Por que que só o Querino é que há-de saber!

- Ele entrou vários dias na casa pra instalar o gás, já falei!

- Uhm...

Diva não se conteve mais, arrancou:

- Tudo isso é uma mentira muito besta! Por que vocês não conversam noutra coisa!

- Você conhece ele, é?

Diva hesitou.

- ... nnnão. Mas ele sempre vem aqui.

– Você já foi com ele?

– Não, ele não quis. Mas falou que eu desculpasse, é muito mais delicado que vocês todos juntos, sabem!

– Isso de delicadeza... Deve ser é algum viciado, vá ver que não é outra coisa.

A garçonete ficou indignada. Se ergueu com brutalidade.

– Arre que vocês também são uns... Ia insultar, enojada, mas se lembrou que era garçonete: Por favor, não olhem tanto pra ele assim! Ele vai sair...

De fato, o homem estava mexendo exagitadamente em dinheiro. Diva foi pra junto dele, achando jeito, com o corpo, de o esconder da curiosidade dos rapazes. Fingia procurar troco. Olhou-o com esperança tristonha:

– Por que o senhor não toma mais um chope... Está quente hoje...

Ele estremeceu muito, devorou-a com os olhos angustiados:

– Por que a senhora quer que eu tome mais chope hoje! Seis não é a minha conta de sempre! Estavam falando de mim naquela mesa, não!

E foi saindo muito rápido, escorraçado, sem olhar ninguém, sem esperar resposta nem troco. Era incontestável que fugia.

Na rua andava com muita pressa, apenas hesitante nas esquinas que acabava dobrando sempre, procurando desnortear perseguidores invisíveis. Afinal, seis quarteirões longe, parou brusco. Estava ofegante, suava muito na noite abafada. Olhou em torno e não tinha ninguém. Certificou-se ainda se ninguém o perseguia, mas positivamente não havia pessoa alguma na rua morta, era já bem mais de uma hora da manhã. Enfim tirava a mão esquerda do bolso e enxugava com algum sossego o suor do rosto. A mão era mesmo repugnante de ver, a pele engelhada, muito vermelha e polida. E assim, justamente por ser o polegar que faltava, a mão parecia um garfo, era horrível.

Depois de se enxugar, olhou o relógio-pulseira e tornou a esconder a mão no bolso. Voltou a caminhar outra vez, e agora andava em passo normal, sem mais pressa nenhuma. Aos poucos foi se engolfando lá nos próprios pensamentos, o rosto readquiriu uma seriedade sombria enquanto o passo se mecanizava. Tomou aquele seu jeito de enfiar o queixo no pescoço, cabeça baixa, parecia numa concentração absoluta. Algum raro transeunte que passava, ele nem dava tento mais. Às vezes fazia gestos pequenos, gestos mínimos, argumentando, houve um instante em que sorriu. Mas se recobrou imediatamente, olhando em volta, apreensivo. Não estava ali ninguém pra lhe surpreender o riso – e era aquele sorriso quase esgar, apenas uma linha larga, vincando uma porção de rugas na face lívida.

Mas decerto perseverara o receio de que o pudessem descobrir sorrindo: principiou caminhando mais depressa outra vez. Lá na esquina em frente despontavam alguns rapazes que vinham da noite de sábado, conversando alto. O homem pretendeu parar, hesitou. Acabou atravessando apenas a rua, tomando o outro passeio pra não topar de frente com os rapazes. Enfim chegara na alameda do Triunfo. Três quarteirões mais longe devia ser a casa onde morava, pelo que afirmara o Alfredo. Na esquina era o botequim de seu Basílio, que estava fechando. O português chegou na última porta ainda entreaberta, pediu licença aos três operários, fechou a porta com um "boa-noite" malcriado. Mas os operários estavam mais falantes com a cerveja do sábado, chegaram até à beira da calçada e se deixaram ficar ali mesmo, naquela conversa.

O homem vinha chegando e aos poucos diminuía o andar, observando a manobra do botequim. Diminuiu o passo mais, dando tempo a que os operários se afastassem. Afinal parou. Os três homens tinham ficado ali conversando, e ele estacou, olhou pra trás, pretendendo voltar caminho, talvez. Depois ficou imóvel, aproveitando o tronco da árvore, disposto a esperar. Dali espiava os operários sem ser visto. Lhe dava aquela inquietação subitânea, voltava-se rápido. Parecia temer que alguém viesse pela calçada e o apanhasse escondido ali. Mas a rua estava deserta, não passava mais ninguém.

A situação durava assim pra mais de um quarto de hora e os operários não davam mostra de partir. O homem esperando sempre, só que a impaciência crescia nele. Olhava a todo instante o relógio, como se tivesse hora marcada, olhos pregados nos três vultos da esquina. Falavam alto, a conversa chegava até junto dele, uma conversa qualquer. Agora vinha lá do lado oposto da alameda, o rondante, na indiferença, bem pelo meio da rua, batendo o tacão da botina, no despoliciamento proverbial desta cidade. O guarda, fosse pelo que fosse, ao menos pra mostrar força diante de gente na cerveja, resolveu enticar com os operários. E parou na esquina também, olhando franco os homens, rolando o bastão no pulso. Os operários nem se deram por achados.

De longe, meio esquecido do esconderijo, o homem, agora imóvel, devorava a cena, olhos escancarados sem piscar. O guarda, vendo que os operários não se intimidavam com a presença dele, resolveu fazer uma demonstração de autoridade. Se dirigiu calmo aos homens, que pararam a conversa, esperando o que o polícia ia falar. O homem chegou a sair com o corpo todo de trás do tronco, na ânsia de escutar o que o guarda dizia. Mas este falava baixo, resolvido a principiar pelo conselho, paternal. Nasceu uma troca de palavras mas pequena, acabou logo, porque os operários não estavam pra discutir com um rondante ranzinza. Resolveram obedecer. Aliás era tarde mesmo. Foram-se embora, ainda conversando mais alto de propósito, forçando a voz, só porque o guarda falara que eles estavam acordando quem dormia nas casas. O polícia percebeu, ficou com raiva, mas também não estava muito disposto a se incomodar, que afinal os operários eram três, bem fortes. Ficou olhando, mãos na cinta, ameaçador, quando os três já estavam bem longe, sacudiu a cabeça agressiva e dobrou a esquina, continuando o seu fingimento de ronda, batendo tacão.

O homem se viu só. Houve um relaxamento de músculos pelo corpo dele, os ombros caíram, veio o suspiro de alívio. Reprincipiou a andar devagarinho, calmo outra vez. Na esquina ainda parou, espiando se o guarda ia longe. Nem sombra de guarda mais. Atravessou mais rápido a rua, passou pelo boteco do português, e agora andava com precaução, tirando o molho volumoso de chaves do bolso. Chegado em frente duma porta, foi disfarçadamente se dirigindo para a beira da calçada. Parou sobre a guia, aproveitando a sombra da árvore pra se esconder. Virou os olhos para um lado e outro, examinando a alameda. Num momento, se dirigiu quase num pulo para a porta, abriu-a, deslizou pela abertura, fechou a porta atrás de si, dando três voltas à chave.

TEMPO DA CAMISOLINHA

1939 • 1943

A feiura dos cabelos cortados me fez mal. Não sei que noção prematura da sordidez dos nossos atos, ou exatamente, da vida, me veio nessa experiência da minha primeira infância. O que não pude esquecer, e é minha recordação mais antiga, foi, dentre as brincadeiras que faziam comigo para me desemburrar da tristeza em que ficara por me terem cortado os cabelos, alguém, não sei mais quem, uma voz masculina falando: "Você ficou um homem, assim!". Ora eu tinha três anos, fui tomado de pavor. Veio um medo lancinante de já ter ficado homem naquele tamanhinho, um medo medonho, e recomecei a chorar.

Meus cabelos eram muito bonitos, dum negro quente, acastanhado nos reflexos. Caíam pelos meus ombros em cachos gordos, com ritmos pesados de molas de espiral. Me lembro de uma fotografia minha desse tempo, que depois destruí por uma espécie de polidez envergonhada... Era já agora bem homem e aqueles cabelos adorados na infância, me pareceram de repente como um engano grave, destruí com rapidez o retrato. Os traços não era felizes, mas na moldura da cabeleira havia sempre um olhar manso, um rosto sem marcas, franco, promessa de alma sem maldade. De um ano depois do corte dos cabelos ou pouco mais, guardo outro retrato tirado junto com Totó, meu mano. Ele, quatro anos mais velho que eu, vem garboso e completamente infantil numa bonita roupa marinheira; eu, bem menor, inda conservo uma camisolinha de veludo, muito besta, que minha mãe por economia teimava utilizar até o fim.

Guardo esta fotografia porque se ela não me perdoa do que tenho sido, ao menos me explica. Dou a impressão de uma monstruosidade insubordinada. Meu irmão, com seus oito anos, é uma criança integral, olhar vazio de experiência, rosto rechonchudo e lisinho, sem caráter fixo, sem malícia, a própria imagem da infância. Eu, tão menor, tenho esse quê repulsivo do anão, pareço velho. E o que é mais triste, com uns sulcos vividos descendo das abas voluptuosas do nariz e da boca larga, entreaberta num risinho pérfido. Meus olhos não olham, espreitam. Fornecem às claras, com uma facilidade teatral, todos os indícios de uma segunda intenção.

Não sei por que não destruí em tempo também essa fotografia, agora é tarde. Muitas vezes passei minutos compridos me contemplando, me buscando dentro dela. E me achando. Comparava-a com meus atos e tudo eram confirmações. Tenho certeza que essa fotografia me fez imenso mal, porque me deu muita preguiça de reagir. Me proclamava demasiadamente em mim e afogou meus possíveis anseios de perfeição. Voltemos ao caso que é melhor.

Toda a gente apreciava os meus cabelos cacheados, tão lentos! e eu me envaidecia deles, mais que isso, os adorava por causa dos elogios. Foi por uma tarde, me lembro bem, que meu pai suavemente murmurou uma daquelas suas decisões irrevogáveis: "É preciso cortar os cabelos desse menino". Olhei de um lado, de outro, procurando um apoio, um jeito de fugir daquela ordem, muito aflito. Preferi o instinto e fixei os olhos já lacrimosos em mamãe. Ela quis me olhar compassiva, mas me lembro como se fosse hoje, não aguentou meus últimos olhos de inocência perfeita, baixou os dela, oscilando entre a piedade por mim e a razão possível que estivesse no mando do chefe. Hoje, imagino um egoísmo grande da parte dela, não reagindo. As camisolinhas, ela as conservaria ainda por mais de ano, até que se acabassem feitas trapos. Mas ninguém percebeu a delicadeza da minha vaidade infantil.

Deixassem que eu sentisse por mim, me incutissem aos poucos a necessidade de cortar os cabelos, nada: uma decisão à antiga, brutal, impiedosa, castigo sem culpa, primeiro convite às revoltas íntimas: "é preciso cortar os cabelos desse menino".

Tudo o mais são memórias confusas ritmadas por gritos horríveis, cabeça sacudida com violência, mãos enérgicas me agarrando, palavras aflitas me mandando com raiva entre piedades infecundas, dificuldades irritadas do cabeleireiro que se esforçava em ter paciência e me dava terror. E o pranto, afinal. E no último e prolongado fim, o chorinho doloridíssimo, convulsivo, cheio de visagens próximas atrozes, um desespero desprendido de tudo, uma fixação emperrada em não querer aceitar o consumado.

Me davam presentes. Era razão pra mais choro. Caçoavam de mim: choro. Beijos de mamãe: choro. Recusava os espelhos em que me diziam bonito. Os cadáveres de meus cabelos guardados naquela caixa de sapatos: choro. Choro e recusa. Um não-conformismo navalhante que de um momento pra outro me virava homem-feito, cheio de desilusões, de revoltas, fácil para todas as ruindades. De-noite fiz questão de não rezar; e minha mãe, depois de várias tentativas, olhou o lindo quadro de N. S. do Carmo, com mais de século na família dela, gente empobrecida mas diz-que nobre, o olhou com olhos de imploração. Mas eu estava com raiva da minha madrinha do Carmo.

E o meu passado se acabou pela primeira vez. Só ficavam como demonstrações desagradáveis dele, as camisolinhas. Foi dentro delas, camisolas de fazendinha barata (a gloriosa, de veludo, era só para as grandes ocasiões), foi dentro ainda das camisolinhas que parti com os meus pra Santos, aproveitar as férias do Totó sempre fraquinho, um junho.

Havia aliás outra razão mais tristonha pra essa vilegiatura aparentemente festiva de férias. Me viera uma irmãzinha aumentar a família e parece que o parto fora desastroso, não sei direito...

Sei que mamãe ficara quase dois meses de cama, paralítica, e só principiara mesmo a andar premida pelas obrigações da casa e dos filhos. Mas andava mal, se encostando nos móveis, se arrastando, com dores insuportáveis na voz, sentindo puxões nos músculos das pernas e um desânimo vasto. Menos tratava da casa que se iludia, consolada por cumprir a obrigação de tratar da casa. Diante da iminência de algum desastre maior, papai fizera um esforço espantoso para o seu ser que só imaginava a existência no trabalho sem recreio, todo assombrado com os progressos financeiros que fazia e a subida de classe. Resolvera aceitar o conselho do médico, se dera férias também, e levara mamãe aos receitados banhos de mar.

Isso foi, convém lembrar, ali pelos últimos anos do século passado, e a praia do José Menino era quase um deserto longe. Mesmo assim, a casa que papai alugara não ficava na praia exatamente, mas numa das ruas que a ela davam e onde uns operários trabalhavam diariamente no alinhamento de um dos canais que carreavam o enxurro da cidade para o mar do golfo. Aí vivemos perto de dois meses, casão imenso e vazio, lar improvisado cheio de deficiências, a que o desmazelo doentio de mamãe ainda melancolizava mais, deixando pousar em tudo um ar de mau trato e passagem.

É certo que os banhos logo lhe tinham feito bem, lhe voltaram as cores, as forças, e os puxões dos nervos desapareciam com rapidez. Mas ficara a lembrança do sofrimento muito grande e próximo, e ela sentia um prazer perdoável de representar naquelas férias o papel largado da convalescente. A papai então o passeio deixara bem menos pai, um ótimo camarada com muita fome e condescendência. Eu é que não tomava banho de mar nem que me batessem! No primeiro dia, na roupinha de baeta calçuda, como era a moda de então, fora com todos até a primeira onda, mas não sei que pavor me tomou, dera tais gritos, que nem mesmo o exemplo sempre invejado de meu mano mais velho me fizera mais entrar naquelas águas vivas. Me parecia morte certa, vingativa, um castigo inexplicável do mar, que o céu de névoa de inverno deixava cinzento e mau, enfarruscado, cheio de ameaças impiedosas. E até hoje detesto banho de mar... Odiei o mar, e tanto, que nem as caminhadas na praia me agradavam, apesar da companhia agora deliciosa e faladeira de papai. Os outros que fossem passear, eu ficava no terreno maltratado da casa, algumas árvores frias e um capim amarelo, nas minhas conversas com as formigas e o meu sonho grande. Ainda apreciava mais, ir até à borda barrenta do canal, onde os operários me protegiam de qualquer perigo. Papai é que não gostava muito disso não, porque tendo sido operário um dia e subido de classe por esforço pessoal e Deus sabe lá que sacrifícios, considerava operário má companhia pra filho de negociante mais ou menos. Porém mamãe intervinha com o "deixe ele!" de agora, fatigado, de convalescente pela primeira vez na vida com vontades; e lá estava eu dia inteiro, sujando a barra da camisolinha na terra amontoada do canal, com os operários.

Vivia sujo. Muitas vezes agora até me faltavam, por baixo da camisola, as calcinhas de encobrir as coisas feias, e eu sentia um esporte de inverno em levantar a camisola na frente pra o friozinho entrar. Mamãe se incomodava muito com isso, mas não havia calcinhas que chegassem, todas no varal enxugando ao sol fraco. E foi por causa disso que entrei a detestar minha madrinha, N. S. do Carmo. Não vê que minha mãe levara pra Santos aquele quadro antigo de que falei e de que ela não se separava nunca, e quando me via erguendo a camisola no gesto indiscreto, me ameaçava com a minha encantadora madrinha: "Meu filho, não mostre isso, que feio! repare: sua madrinha está te olhando na parede!". Eu espiava pra minha madrinha do Carmo na parede, e descia a camisolinha, mal convencido, com raiva da santa linda, tão apreciada noutros tempos, sorrindo sempre e com aquelas mãos gordas e quentes. E desgostoso ia brincar no barro do canal, botando a culpa de tudo no quadro secular. Odiei minha madrinha santa.

Pois um dia, não sei o que me deu de repente, o desígnio explodiu, nem pensei: largo correndo os meus brinquedos com o barro, barafusto porta a dentro, vou primeiro espiar onde mamãe estava. Não estava. Fora passear na praia matinal com papai e Totó. Só a cozinheira no fogão perdida, conversando com a ama da Mariazinha nova. Então podia! Entrei na sala da frente, solene, com uma coragem desenvolta, heroica, de quem perde tudo mas se quer liberto. Olhei francamente, com ódio, a minha madrinha santa, eu bem sabia, era santa, com os doces olhos se rindo pra mim. Levantei quanto pude a camisola e empinando a barriguinha, mostrei tudo pra ela. "Tó! que eu dizia, olhe! olhe bem! tó! olhe bastante mesmo!". E empinava a barriguinha de quase me quebrar pra trás.

Mas não sucedeu nada, eu bem imaginava que não sucedia nada... Minha madrinha do quadro continuava olhando pra mim, se rindo, a boba, não zangando comigo nada. E eu saí muito firme, quase sem remorso, delirando num orgulho tão corajoso no peito, que me arrisquei a chegar sozinho até a esquina da praia larga. Estavam uns pescadores ali mesmo na esquina, conversando, e me meti no meio deles, sempre era uma proteção. E todos eles eram casados, tinham filhos, não se amolavam proletariamente com os filhos, mas proletariamente davam muita importância pra o filhinho de "seu dotô" meu pai, que nem era doutor, graças a Deus.

Ora se deu que um dos pescadores pegara três lindas estrelas-do-mar e brincava com elas na mão, expondo-as ao solzinho. E eu fiquei num delírio de entusiasmo por causa das estrelas-do-mar. O pescador percebeu logo meus olhos de desejo, e sem paciência pra ser bom devagar, com brutalidade, foi logo me dando todas.

– Tome pra você, que ele disse, estrela-do-mar dá boa-sorte.

– O que é boa-sorte, hein?

Ele olhou rápido os companheiros porque não sabia explicar o que era boa-sorte. Mas todos estavam esperando e ele arrancou meio bravo:

– Isto é... não vê que a gente fica cheio de tudo... dinheiro, saúde...

Pigarreou fatigado. E depois de me olhar com um olho indiferentemente carinhoso, acrescentou mais firme:

– Seque bem elas no sol que dá boa-sorte.

Isso nem agradeci, fui numa chispada luminosa pra casa esconder minhas estrelas-do-mar. Pus as três ao sol, perto do muro lá no fundo do quintal onde ninguém chegava, e entre feliz e inquieto fui brincabrincar no canal. Mas quem disse brincar! me dava aquela vontade amante de ver minhas estrelas e voltava numa chispada luminosa contemplar as minhas tesoureiras da boa-sorte. A felicidade era tamanha e o desejo de contar minha glória, que até meu pai se inquietou com o meu fastio no almoço. Mas eu não queria contar. Era um segredo contra tudo e todos, a arma certa da minha vingança, eu havia de machucar bastante Totó, e quando mamãe se incomodasse com o meu sujo, não sei não... mas pelo menos ela havia de dar um trupicão de até dizer "ai!", bem feito! As minhas estrelas-do-mar estavam lá escondidas junto do muro me dando boa-sorte. Comer? pra que comer? elas me davam tudo, me alimentavam, me davam licença pra brincar no barro, e se Nossa Senhora, minha madrinha, quisesse se vingar daquilo que eu fizera pra ela, as estrelas me salvavam, davam nela, machucavam muito ela, isto é... muito eu não queria não, só um bocadinho, que machucassem um pouco, sem estragar a cara tão linda da pintura, só pra minha madrinha saber que agora eu tinha a boa-sorte, estava protegido e nem precisava mais dela, tó! ai que saudades das minhas estrelas-do-mar!... Mas não podia desistir do almoço pra ir espiá-las, Totó era capaz de me seguir e querer uma pra ele, isso nunca!

– Esse menino não come nada, Maria Luísa!

– Não sei o que é isso hoje, Carlos! Meu filho, coma ao menos a goiabada...

Que goiabada nem mané goiabada! eu estava era pensando nas minhas estrelas, doido por enxergá-las. E nem bem o almoço se acabou, até disfarcei bem, e fui correndo ver as estrelas-do-mar.

Eram três, uma menorzinha e duas grandonas. Uma das grandonas tinha as pernas um bocado tortas para o meu gosto, mas assim mesmo era muito mais bonita que a pequetitinha, que trazia um defeito imenso numa das pernas, faltava a ponta. Essa decerto não dava boa-sorte não, as outras é que davam: e agora eu havia de ser sempre feliz, não havia de crescer, minha madrinha gostosa se rindo sempre, mamãe completamente sarada me dando brinquedos, com papai não se amolando por causa dos gastos. Não! a estrela pequenina dava boa-sorte também, nunca que eu largasse de uma delas!

Foi então que aconteceu o caso desgraçado de que jamais me esquecerei no seu menor detalhe. Cansei de olhar minhas estrelas e fui brincar no canal. Era já na hora do meio-dia, hora do almoço, da janta, do não-sei-o-quê dos operários, e eles estavam descansando jogados na sombra das árvores. Apenas um porém, um portuga magruço e bárbaro, de enormes bigodões, que não me entrava nem jamais dera importância pra mim, estava assentado num monte de terra, afastado dos outros, ar de melancolia. Eu brincava por ali tudo, mas a solidão do homem me preocupava, quase me doía, e eu rabeava umas olhadelas para a banda dele, desejoso de consolar. Fui chegando com ar de quem não quer e perguntei o que ele tinha. O operário primeiro deu de ombros, português, bruto, bárbaro, longe de consentir na carícia da minha pergunta infantil. Mas estava com uns olhos tão tristes, o bigode caía tanto, desolado, que insisti no meu carinho e perguntei mais outra vez o que ele tinha. "Má sorte" ele resmungou, mais a si mesmo que a mim.

Eu porém é que ficara aterrado. Minha Nossa Senhora! aquele homem tinha má sorte! aquele homem enorme com tantos filhinhos pequenos e uma mulher paralítica na cama!... E no entanto eu era feliz, feliz! e com três estrelinhas-do-mar pra me darem boa-sorte... É certo: eu pusera imediatamente as três estrelas no diminutivo, porque se houvesse de ceder alguma ao operário, já de antemão eu desvalorizava as três, todas as três, na esperança desesperada de dar apenas a menor. Não havia diferença mais, eram apenas três "estrelinhas"-do-mar. Fiquei desesperado. Mas a lei se riscara iniludível no meu espírito: e se eu desse boa-sorte ao operário na pessoa da minha menor estrelinha pequetitinha?... Bem que podia dar a menor, era tão feia mesmo, faltava uma das pontas, mas sempre era uma estrelinha-do-mar. Depois: operário não era bem-vestido como papai, não carecia de uma boa-sorte muito grande não. Meus passos tontos já me conduziam para o fundo do quintal fatalizadamente. Eu sentia um sol de rachar completamente forte. Agora é que as estrelinhas ficavam bem secas e davam uma boa-sorte danada, acabava duma vez a paralisia da mulher do operário, os filhinhos teriam pão e N. S. do Carmo, minha madrinha, nem se amolava de enxergar o pintinho deles. Lá estavam as três estrelinhas, brilhando no ar do sol, cheias de uma boa-sorte imensa. E eu tinha que me desligar de uma delas, da menorzinha estragada, tão linda! justamente a que eu gostava mais, todas valiam igual, porque a mulher do operário não tomava banhos de mar? mas sempre, ah meu Deus que sofrimento! eu bem não queria pensar mas pensava sem querer, deslumbrado, mas a boa mesmo era a grandona perfeita, que havia de dar mais boa-sorte pra aquele malvado de operário que viera, cachorro! dizer que estava com má sorte. Agora eu tinha que dar pra ele a minha grande, a minha sublime estrelona-do-mar!...

Eu chorava. As lágrimas corriam francas listrando a cara sujinha. O sofrimento era tanto que os meus soluços nem me deixavam pensar bem. Fazia um calor horrível, era preciso tirar as estrelas do sol, senão elas secavam demais, se acabava a boa-sorte delas, o sol me batia no coco, eu estava tonto, operário, má sorte, a estrela, a paralítica, a minha sublime estrelona-do-mar! Isso eu agarrei na estrela com raiva, meu desejo era quebrar a perna dela também pra que ficasse igualzinha à menor, mas as mãos adorantes desmentiam meus desígnios, meus pés é que resolveram correr daquele jeito, rapidíssimos, pra acabar de uma vez com o martírio. Fui correndo, fui morrendo, fui chorando, carregando com fúria e carícia a minha maiorzona estrelinha-do-mar. Cheguei pro operário, ele estava se erguendo, toquei nele com aspereza, puxei duro a roupa dele:

– Tome! eu soluçava gritado, tome a minha... tome a estrela-do-mar! dá... dá, sim, boa-sorte!...

O operário olhou surpreso sem compreender. Eu soluçava, era um suplício medonho.

– Pegue depressa! faz favor! depressa! dá boa-sorte mesmo!

Aí que ele entendeu, pois não me aguentava mais! Me olhou, foi pegando na estrela, sorriu por trás dos bigodões portugas, um sorriso desacostumado, não falou nada felizmente que senão eu desatava a berrar. A mão calosa quis se ajeitar em concha pra me acarinhar, certo! ele nem media a extensão do meu sacrifício! e a mão calosa apenas roçou por meus cabelos cortados.

Eu corri. Eu corri pra chorar à larga, chorar na cama, abafando os soluços no travesseiro sozinho. Mas por dentro era impossível saber o que havia em mim, era uma luz, uma Nossa Senhora, um gosto maltratado, cheio de desilusões claríssimas, em que eu sofria arrependido, vendo inutilizar-se no infinito dos sofrimentos humanos a minha estrela-do-mar.

NOVOS TEMPOS

Ivone Daré Rabello

Contos piores – *assim Mário de Andrade* pretendia chamar o conjunto de doze narrativas que arquitetava ao longo dos anos 1930 e 1940, até sua morte, em 1945, interromper a finalização do projeto. Embora o próprio autor tenha alterado o título do volume para *Contos novos*, como ficou conhecida a reunião das nove narrativas aqui apresentadas, a ideia de que ele considerava haver algo de "pior" nesses contos dá o que pensar, sobretudo porque O poço, Primeiro de Maio, O peru de Natal, Tempo da camisolinha, Vestida de preto ou o corajoso Frederico Paciência são alguns dos mais significativos exemplos do gênero, e não apenas à época.

Podemos imaginar que o título *Contos piores* era apenas gracejo, em tom de *boutade*, que Mário de Andrade inventara para avaliar sua produção contística, composta até então de dois volumes. Antes de *Contos novos*, a publicação de *Primeiro andar* (1926) trouxera a público o esforço empreendido na atualização do gênero, ainda pouco praticado pelos modernistas; o próprio autor, porém, reconhecia naquele conjunto "façanhas de experiência literária", com "muita literatice muita frase enfeitada".[1] Já *Os*

1. ANDRADE, Mário de. Advertência inicial [à 1ª edição de *Primeiro andar* – jun./1925]. In: *Obra imatura*. 3ª ed. São Paulo: Martins; Belo Horizonte: Itatiaia, 1980, p. 25.

contos de Belazarte (1934) resultaram de um plano mais ambicioso, em que se punha à mostra o debate com outros modernistas, sobretudo no que se refere à representação do Brasil sob o viés da primitividade.[2] Se, em 1928, com *Macunaíma*, o destino do protagonista (seu despedaçamento, a decisão de abandonar o lugar de origem e tornar-se a Ursa Maior) figurava um impasse em que se desmanchava a ilusão de que o "primitivo" seria a solução cultural para os dilemas nacionais,[3] nos anos subsequentes, Mário de Andrade reafirmava seu posicionamento nos embates ideológicos a respeito dos modos de representação da nação. Em diálogo aberto com a figura do Malazarte, do folclore, para quem tudo dá certo, e com a utilização desse símbolo na peça teatral *Malazarte*, de Graça Aranha, *Os contos de Belazarte* invertiam o sinal positivo atribuído a nosso primitivismo, como se ele fosse capaz de conviver harmonicamente com a civilização, e focalizava a realidade social da periferia paulistana, com seu cortejo de infelicidades e pobreza, ausência de direitos e formas arcaicas de subordinação. Para Mário, o mito da alegria não resistia ao olhar radicado na realidade objetiva dos bairros periféricos da São Paulo de finais dos anos 1920; transformar o atraso em chave mítica de interpretação da nacionalidade implicava fechar os olhos aos problemas

2. Nossos modernistas de primeira hora, referendados no arsenal dos movimentos de vanguarda europeus, afirmavam a captação e a figuração da primitividade muito viva na realidade brasileira. O "local", assim, ganhava produtividade cultural e novas potencialidades de interpretação.

3. Cf. a leitura de Gilda de Mello e Souza. *O tupi e o alaúde*. São Paulo: Duas Cidades, 1979. Ver, também, os estudos de José Antonio Pasta Jr., especialmente CHANGEMENT ET IDÉE FIXE. (In: QUINT, Anne-Marie (Org.). *Au fil de la plume*. Paris: Presses Sorbonne Nouvelle, *Cahier* nº 10, 2003, p. 159-171).

sociais que decorriam do desenvolvimento da grande cidade às custas do empobrecimento e da degradação das camadas populares, ainda presas às velhas formas da sociabilidade paternalista. Com isso nosso autor não poderia compactuar.

Em comparação com as polêmicas de finais dos anos 1920 e inícios dos anos 1930, havia mesmo algo de pior em jogo, sobretudo após 1932 e ao longo dos anos da ditadura getulista. O empenho tutoral, característico da ação cultural de Mário de Andrade, sofria uma guinada política. É a esse novo momento da compreensão das questões nacionais e do lugar do artista que Mário busca dar forma em sua produção. Então, parece-me, o "piores" do título, imaginado inicialmente para *Contos novos*, não se referia apenas a questões relativas ao gênero ou às técnicas de expressão, cujo domínio, diga-se, permitia a superação do pragmatismo voluntarista dos experimentos de linguagem que o autor levara à frente desde a década de 1920.[4] Mais que isso, implicava nova leitura do momento histórico-cultural e dava novo vigor à crítica a posições que, mesmo tendo produzido belas aspirações e belas obras, revelavam seu teor ideológico quando se contrapunham ao estado de coisas pós-1930.

4. Mário reconhecia que o pragmatismo voluntarista na estilização da "fala brasileira" havia implicado "deformação" de sua obra, necessária para abrir caminhos. Os experimentos linguísticos devem ser compreendidos, porém, como componentes de projeto mais amplo sobre a investigação da nação brasileira e sua pluralidade cultural, o que envolvia a pesquisa etnográfica, o registro da cultura oral, na música especialmente, e também o diálogo com a psicanálise, na tentativa de configurar o modo próprio de a Lei da Cultura instituir-se na família brasileira de classe média. O vasto campo de atuação de Mário de Andrade fixa sua façanha obstinada, militante e, de fato, única no quadro nacional.

Tratava-se, nestes contos, como de resto nos estudos críticos e na produção lírica dos anos de 1932 a 1942/1943 quando, como se pode ver na apresentação de Aline Nogueira Marques, Mário se dedicou mais intensamente a estas narrativas, de um acerto de contas com as concepções da tarefa do intelectual no quadro brasileiro e com a representação das tensões do momento presente, tais como as apreendia o autor. Mesmo que em Mário a confiança na modernização brasileira nunca tenha sido cega, desaparecera o otimismo com que ele e outros modernistas haviam acreditado no salto modernizador anunciado no início dos anos 1920, especialmente como um projeto *cultural* que se anteciparia às mudanças econômicas e sociais necessárias para que o país entrasse em nova fase do concerto das nações.[5] Desaparecera, também, o entusiasmo com que se pensara a possibilidade de dar representação ao país, considerando que nossas *diferenças*, em relação ao padrão europeu (muitas vezes percebidas como *deficiências*), ganhavam acento positivo.[6]

Mário de Andrade empenhava-se na crítica às visões simpáticas a respeito do país que haviam apostado em nosso substrato pré-burguês, bem como na crítica às tarefas do intelectual que ele mesmo, ao longo de todo o período, julgara decisivas: "o direito permanente à pesquisa estética; a atualização da consciência artística brasileira; e a estabilização de uma consciência criadora

5. A esse respeito, veja-se O MOVIMENTO MODERNISTA, conferência proferida em 1942 (In: *Aspectos da Literatura Brasileira*. 5ª ed. São Paulo: Martins, 1974, p. 231-255).

6. Vejam-se, de Antonio Candido, LITERATURA E CULTURA DE 1900 A 1945 (In: *Literatura e sociedade*. São Paulo: Nacional, 1965) e, de Roberto Schwarz, a parte final do ensaio OUTRA CAPITU (In: *Duas meninas*. São Paulo: Companhia das Letras, 1997, p. 132-144).

nacional".[7] Conquistada distância histórica, no saldo do desenvolvimento histórico-social dos anos 1930 e seus desdobramentos, esses princípios fundamentais do modernismo eram avaliados como insuficientes. O autor parecia concluir que, para superar a consciência de inferioridade determinante na *cultura* nacional, a imaginação de nossos intelectuais se distanciara da *realidade* brasileira, e os prognósticos deles agora se mostravam falsos e fantasiosos.[8] Os novos modos de reprodução do atraso não haviam trazido o "salto para o futuro"; a combinatória de atraso e progresso constituía nossa forma de pertencimento ao sistema capitalista ocidental, com novos ajustes históricos, em que não se entreviam perspectivas para a conquista de direitos efetivos dos cidadãos; a consciência de classe do proletariado, mal formada, não autorizava a esperança de que se superasse a iniquidade social.[9] Em poucas palavras, nosso autor reconsiderava o ponto de vista a partir do qual concebia questões e problemas da realidade brasileira; reconsiderava a hipótese político-cultural em que apostara nos anos de 1920 e também suas perspectivas de

7. ANDRADE, Mário de. O MOVIMENTO MODERNISTA. In: op. cit., ed. cit., p. 242.

8. Como já ficou dito, a polêmica com outras concepções se iniciara ao menos desde as CRÔNICAS DE MALAZARTE (publicadas entre 1923 e 1924 na revista carioca *América Brasileira*) e em *Os contos de Belazarte*, de 1934. (Sobre o assunto, veja-se, desta autora, INTRODUÇÃO. In: *A caminho do encontro*. São Paulo: Ateliê, 1999; e também, de Wilson José Flores Jr., MODERNIZAÇÃO PELO AVESSO: A SÃO PAULO DA DÉCADA DE 20 EM *OS CONTOS DE BELAZARTE*. In: PENJON, J., e PASTA JR., José Antonio (Org.). *Littérature et modernisation au Brésil*. Paris: Presses Sorbonne Nouvelle [2004], p. 45-54).

9. O apelo final da conferência O MOVIMENTO MODERNISTA é "Marchem com as multidões", o que deixa claro que, para Mário de Andrade, o intelectual deveria comprometer-se com os oprimidos, sem tergiversações ou ilusões individualistas.

como a cultura poderia atuar criticamente. Soava forte o apelo à consciência social.

Penso que, para Mário de Andrade, naqueles anos, tratava-se de reconhecer e representar aspectos da vida contemporânea que repunham, em novas chaves, dilemas históricos do país, que não atingira o modelo da universalização burguesa,[10] associados agora a padrões de sociabilidade trazidos pelo ritmo da industrialização e as consequências disso na vida dos sujeitos comuns – homens lançados ao anonimato da grande cidade, ou, ainda, trabalhadores pobres sob o jugo do patriarcalismo caprichoso e cruel que persistia em cores novas. No entrecruzamento da representação das questões históricas contemporâneas com a configuração da intimidade psíquica, o diálogo com a psicanálise ganhava significados mais integrados à dinâmica social. Interessava aproximar-se dos que, vivendo como podiam, descobriam em suas pequenas ações desalentos e impossibilidades que não indicavam perspectivas de superação. Limitado o enredo ao recorte de um momento da vida da personagem, sob o ângulo psicológico em quase todos os contos, as pequenas derrotas individuais nem por isso deixam de ter lastro e significação no plano histórico, tal como o compreendia Mário de Andrade. Na investigação psíquica dos indivíduos isolados – em que também os referenciais freudianos são objeto de pesquisa técnico-formal, como interessava ao autor desde finais dos anos 1920[11] –, buscava-se apreender a situação

10. Sobre a formação (incompleta) do país, ver R. Schwarz, As ideias fora do lugar (In: *Ao vencedor as batatas*); Sérgio Buarque de Holanda, *Raízes do Brasil*; e Caio Prado Júnior, *Formação do Brasil contemporâneo*.

11. Em *Amar, verbo intransitivo* (1927), já havia sido experimentada a representação literária dos deslizamentos do inconsciente; também, em *Os contos de Belazarte*, a dinâmica psíquica e sua estilização têm papel relevante. O ensaio Do dos sujeitos históricos, imersos na tradição familista e na moral burguesa, domesticados no autoritarismo e na repressão, e, especialmente depois de 1932 e de 1937, lançados à tutela patriarcalista do Estado truculento da Era Vargas, que cerceava os direitos de organização e de luta dos trabalhadores. Expor a peculiar combinação de atraso e progresso nesses novos tempos já não ostentava nenhum sinal positivo e nenhuma promessa de equilíbrio.

Em *Contos novos*, esse material histórico e social encontra forma de estruturação na particularidade do trabalho com o conto: episódios singulares que, porém, se articulam no conjunto. Para Anatol Rosenfeld, a unidade profunda do volume está no tema do "homem disfarçado, do homem desdobrado em ser e aparência".[12] Aceita essa interpretação, ela não pode, porém, levar à indistinção; antes, exige a compreensão do movimento que une e distingue cada um dos contos, confere a eles um lugar na arquitetura compositiva e dá forma à relação entre a identidade do sujeito e o processo histórico. Caro à modernidade literária, o tema do "homem desdobrado" necessita especificação no que se refere à questão local e, decerto, às idiossincrasias de Mário de Andrade. Desde suas primeiras poéticas, o autor refletia a partir de oposições (por exemplo, lirismo e arte; subconsciente e consciente; móvel profundo e móvel aparente) e esbarrava no impasse que delas decorria: ao se buscar o "rosto", livre da "máscara", tornavam-se estanques *ser* e *parecer*, dificultando, assim, qualquer pos-

CABOTINISMO (1939) expõe a teoria das duas sinceridades, a dos "móveis profundos" e a dos "móveis aparentes", em chave psíquica e social (In: ANDRADE, Mário de. *O empalhador de passarinho*. 3ª ed. São Paulo: Martins; Brasília: INL, 1972, p. 77-81).

12. ROSENFELD, Anatol. MÁRIO E O CABOTINISMO. In: *Texto/Contexto*. 2ª ed. São Paulo: Perspectiva; Brasília: INL, 1973, p. 185-200.

sibilidade de apreender cisões historicamente determinadas, uma vez que ficava sugerido haver uma "essência" que, incognoscível, escaparia às tramas da História.

Contos novos indica a superação do impasse, pois, se o tema unificador é o do "homem disfarçado", cujo "rosto" não se deixa apreender pela "máscara", a representação das condicionantes da realidade material – instituições da vida familiar e da vida pública –, da moral burguesa e do Estado permite ultrapassar a antinomia ser/parecer. No mergulho na subjetividade objetivamente constituída, o social se reapresenta. O sujeito que busca a si mesmo encontra nas reminiscências familiares a origem de sua constituição e de seu modo de ação na realidade histórico-social. Os homens quaisquer, invisíveis na multidão, são acompanhados pelo narrador e figuram as formas particulares das subjetividades formadas por nossa modernização, com sua combinação de atraso e progresso, desvalimento e tutela, ausência de direitos dos cidadãos e superimposição de regras e coerções.

No conjunto das narrativas, assim, o efeito da unidade nem se limita ao tema subjacente, nem se revela de imediato, pois na sequência em que os contos nos são dados a ler o que ressalta é a heterogeneidade dos assuntos e certa pendulação de pontos de vista narrativos. Há mesmo uma espécie de provocação autoral para que se remonte a leitura das narrativas em primeira pessoa (uma vez que os relatos entrecruzam cronologicamente os acontecimentos envolvendo Juca e o narrador sem nome) e a elas se contraponha a das narrativas em terceira pessoa. Essa provocação também está dada nos assuntos, que tratam da vida *doméstica*, nas narrativas em primeira pessoa, e das cenas *de rua*, nas narrativas em terceira pessoa. No quadro que as unifica em profundidade, porém, ressaltam os modos de ser historicamente determinados pelas instituições que formam e determinam os sujeitos: família, trabalho, moral burguesa, Estado pós-1932.

O entrecruzamento das narrativas em primeira pessoa indica que a biografia do narrador, tal como ele a pensa, constitui-se a partir de eventos precisos que delimitaram sua identidade. Fizeram-no perder a ingenuidade, aprender a rebeldia, salvaguardado pela "fama de louco" que o libertou da sem-gracice dos modos de ser "obedientes" e representou para ele conquista enorme na superação da moral familiar.

Em VESTIDA DE PRETO, o relato abarca dos cinco aos vinte e cinco anos da vida do protagonista Juca e se concentra não apenas no amor e desejo pela prima Maria, mas também na rejeição sofrida por ele. Juca percebe que o fato de ele não se dar bem nos estudos, como conviria aos padrões da família pequeno-burguesa, elimina-o do jogo amoroso. Percebe, além disso, que caso insistisse na afeição por Maria, enfrentaria a resistência da família dela, dadas as condições sociais de sua própria família:

> Nós seríamos até pobretões, comparando com a família de Maria, gente que até viajava na Europa. Pois pouco antes, os pais dela tinham feito um papel bem indecente, se opondo ao casamento duma filha com um rapaz diz-que pobre mas ótimo. Houvera rompimento de amizades, malestar na parentagem toda, o caso virara escândalo mastigado e remastigado nos comentários de hora de jantar. Tudo por causa do dinheiro.[13]

"Parentagem" é o nome pejorativo atribuído por Juca ao modelo familista, constituído por grande número de membros, em que ficam escondidas no véu ideológico dos valores morais as diferenças econômicas e as relações opressivas entre supostos iguais.

13. ANDRADE, Mário de. VESTIDA DE PRETO. In: *Contos novos*. Estabelecimento do texto por Hugo Camargo Rocha e Aline Nogueira Marques. Rio de Janeiro: Nova Fronteira, 2011, p. 20.

É, a partir do ângulo da parentela, que o protagonista aprende a diferença social e o preceito das aparências. Logo após beijar a prima, aos nove anos, com curiosidade e desejo ainda infantis, Juca é objeto do olhar repressor de Tia Velha, que torna "pecado" o que era aprendizagem do afeto e da sexualidade. A prima, por sua vez, não aceita o vexame e passa a rejeitá-lo, o que se acentua à medida que Juca não cabe no modelo do jovem bem-sucedido. A duras penas, ele vai se dando conta de que, com sua condição, não terá vez na história. Aos quinze anos, após outra cena de rejeição, Juca encosta os lábios na capa de um dos livros e, desse modo, substitui seu amor por Maria pelo amor aos livros. Sublimando seus desejos, constrói nova imagem, esboçando-se como futuro intelectual, orgulhoso de si, enquanto Maria parece perder o rumo de sua vida, namorando Deus e o mundo, desde, claro, que o mundo fosse o de seus iguais. Ao reencontrar a prima, anos depois, continua a desejá-la mas nada efetiva, apesar do que lhe parece um gesto convidativo da mulher. É apenas com o pensamento nos versos de Castro Alves ("Boa noite, Maria, eu vou-me embora") que Juca dá forma interna a suas ambiguidades: o desejo de viver a paixão pela prima, "devorá-la numa hora estilhaçada de quarto de hotel", e a impossibilidade de fazê-lo, pois construíra uma imagem do amor em que a mulher é intocável. Calado diante de Maria, Juca dá voz e organiza seus pensamentos apenas no exercício posterior da autorreflexão.

Em O peru de Natal, o relato se concentra nos episódios da "pequena família". Juca, já moço, não quer mais prestar vassalagem à parentela, que sempre obriga à repressão, à contenção e à desigual divisão dos prazeres. Anseia por romper os modelos familistas que, estabelecendo o discurso dos amorosos vínculos de sangue, rebaixam o outro e rejeitam-no (como anotara em Vestida de preto). Mas é o pai, "o puro-sangue dos desmancha-prazeres", a quem ele quer destronar. Com a proximidade do Natal, o primeiro após a morte do pai, Juca planeja uma ceia "desregrada" que, em sua fantasia, romperia o comedimento anterior e instalaria a felicidade familiar, fundada não mais na lei da moderação e da falta de "aproveitamento da vida". Comer um peru de Natal sem dividi-lo com a "parentada do diabo" estabeleceria nova lei naquele lar burguês, onde gozo e prazer eram tabus. Juca quer revigorar, em seu núcleo de origem, os laços de amor, rompendo as regras da vida sob a ordem paterna. A fama de louco o ajuda e, especialmente, ajuda todos da casa a aceitarem o excesso como a exceção que autoriza o prazer *de todos e de cada um*. A devoração quase ritualística do peru, animal simbólico que, no imaginário de Juca, romperá a lei do pai,[14] encontrará, porém, um adversário à altura: a lembrança do morto surge exatamente quando se começa a saborear as fartas fatias do peru, regadas a duas farofas – momento da máxima alegria da família *fraterna*. Quando a nota de tristeza trazida pela presença tirânica do morto ameaça pôr a perder o regime da alegria, Juca, pela hipocrisia e pela mentira, consegue afastar a sombra, neutralizando-a. Acompanhamos a cena como se ela estivesse ocorrendo no aqui-agora, graças aos recursos técnicos da dramatização da mente, que dão forma à atualidade do passado e dão significado ao presente do narrador: narrar a situação vexaminosa de uma família, cujas leis são o desprazer e a parcimônia, torna-se arma de afirmação da rebeldia juvenil na qual Juca narrador se espelha.

14. Embora neste estudo não caiba o desenvolvimento da questão, o diálogo paródico, em O PERU DE NATAL, com o texto *Totem e tabu*, de Freud, merece ao menos ser indicado. Em *A caminho do encontro*, de minha autoria, dedico-me à análise mais cuidadosa dessas relações.

O modelo de família, que não admite exceções senão estigmatizando-as, encontra em FREDERICO PACIÊNCIA o ponto mais alto da figuração de dilemas morais, quando, então, o inconformismo de Juca não é, como antes, objeto de orgulho do narrador. Corajosamente para os padrões morais da época, ainda mais se considerarmos os ecos biográficos nessas narrativas em primeira pessoa, Mário de Andrade tematiza as ambivalências das relações entre dois amigos, no momento em que a sexualidade redesperta, agora em sua forma adulta, e é exercitada nos moldes daqueles tempos: leituras e bordéis. Para o narrador, relembrar os episódios da amizade entre ele e Frederico Paciência exige retomar as polaridades entre eu e outro, entre imagem narcísica do eu e inveja do outro e, especialmente, entre ser e aparência, aqui metaforizadas em "lodo" e "florada".[15] Não por acaso, é neste conto que avultam oxímoros e reticências; e que as dramatizações da mente sofrem constantes intervenções e cortes do narrador, como se os interditos permanecessem no presente da enunciação. Para a moral burguesa daqueles anos, a homossexualidade, mais que crime, era "lodo" a que seria preciso renunciar, mesmo que constituísse a verdade profunda do sujeito. A dinâmica moral se entretece com a dinâmica social, em maior amplitude: o Juca "louco" sabe poder perder-se em seus próprios desejos condenáveis. Sua opção é pela "florada", que esconde o proibido e nega-denega o desejo a que renunciou. Mas esse desejo, fantasmático, continua a assombrá-lo.

É no último conto do volume que mais se amplia a articulação entre as condições psicossociais e a biografia de um indivíduo cuja "educação sentimental" foi realizada na família burguesa,

15. A polaridade lembra, quase ponto a ponto, a reflexão de Mário de Andrade em DO CABOTINISMO (In: *O empalhador de passarinho*. In: op. cit., ed. cit., p. 77-81), o que decerto amplia os ecos autobiográficos ficcionalizados na narrativa.

nas relações da parentela, nas clivagens morais e sociais. Em TEMPO DA CAMISOLINHA, já não há mais um *Juca*, pois não se menciona o nome do narrador; trata-se das memórias mais antigas de alguém que se constitui e ganha identidade num episódio decisivo, anterior ao "nome". A história que funda a subjetividade desse narrador é a do menino obrigado a ter cortados os cabelos de que se orgulhava; daí advêm sua primeira revolta e a primeira tentativa de rebelião por via da fantasia, bem como a consciência da inutilidade disso. Os recursos da composição põem em cena a mente do menino, de modo que, mais do que contar, a narrativa presentifica os eventos do passado e a maneira pela qual a lógica infantil os apreendeu. Em sua onipotência, o menino acredita que a posse das estrelas-do-mar lhe permitirá vingar-se de tudo que o aflige. Esse "tudo", para ele, significa o mundo doméstico transformado devido ao nascimento da irmã e à repressão aos primeiros sinais de prazer genital. Mas quando, num acaso fatídico, o menino encontra alguém a quem atribui infelicidade maior que a sua, ele é impelido por sua consciência moral em formação a doar seu mais precioso bem a esse outro, o operário, o "portuga magruço e bárbaro". Ao fazê-lo, pressente ser inútil sua renúncia à felicidade individual e também ser ilusória a potência para garantir a felicidade do outro. No plano da fantasia e da imaginação, o impasse se congela, e o "eu" se forma:

> Eu corri pra chorar à larga, chorar na cama, abafando os soluços no travesseiro sozinho. Mas por dentro era impossível saber o que havia em mim, era uma luz, uma Nossa Senhora, um gosto maltratado, cheio de desilusões claríssimas, em que eu sofria arrependido, vendo inutilizar-se no infinito dos sofrimentos humanos a minha estrela-do-mar.[16]

16. ANDRADE, Mário de. TEMPO DA CAMISOLINHA. *Contos novos.* Ed. cit., p. 144.

As narrativas em primeira pessoa, assim, retroagem do sujeito cheio de si – que diz ser o enunciador da "verdade" em Vestida de preto, que inventa mentiras para sua família em O peru de Natal e que não tem senão ambivalências e fantasmagorias em Frederico Paciência – até as memórias vivas desse menino sem nome que, em meio à perda da autoimagem narcísica, registra em seu imaginário a clivagem social: o pai fora operário mas ascendera; o outro, imaginado como um duplo de sua própria família, "sem sorte" porém, é o proletário sem pão, sem saúde, com muitos filhos. Na origem da constituição do narrador, o menino que o adulto conserva vivo dentro de si volta-se para o outro. Mesmo que inutilmente.

Juca e o menino sem nome compõem a biografia ficcional de um intelectual particular;[17] a narração, nos quatro contos, desenha seu perfil. Ao se expor nos condicionamentos e determinações que o constituíram, alardeia o que há de constrangedor na tradição familista e também nas tentativas de insubordinação. Muito gabola de início, certo de que revelará a "verdade", confiante de que seu orgulho é ter aprendido a se rebelar sem se conformar, Juca vai, pouco a pouco, revelando indecisões e paroxismos diante das dificuldades de enfrentar a ordem moral burguesa, cujos totens são as figuras do pai comedido – subserviente às regras e orgulhoso de servi-las – e a controladora Tia Velha e, de fato, estabelecer nova lei, fraterna, a que atribuiu valor contes-

17. É preciso ressaltar que, apesar de muitas referências e paródias autobiográficas, como por exemplo aparecem em Vestida de preto (cf. "Mário de Andrade conta num dos seus livros que estudou o alemão por causa duma emboaba tordilha... eu também: meu inglês nasceu duma Violeta e duma Rose"), importa aqui a representação da constituição da subjetividade de um intelectual (tal como fica sugerido especialmente em Vestida de preto).

tador (seria ela subversiva em seu imaginário?). Aquele que, nas primeiras linhas do volume, fizera figura avançada também no debate intelectual – sobrepondo-se à falsa polêmica sobre o gênero conto – acaba por revelar não apenas conquistas e certezas, mas também derrotas e falácias, impasses e impossibilidades. O intelectual vê sua origem não apenas nos episódios com a prima, o amigo ou o Natal da família, mas na articulação desses constrangimentos todos com um anterior, mais antigo: a do menino sem nome que, querendo a felicidadezinha individual, abdicou do talismã que a tornaria possível e compreendeu, no mesmo instante em que praticava a renúncia, ser ela inútil. Os "sofrimentos humanos" não se resolvem na onipotência jactanciosa do pensamento, nem na mera vontade de abdicar de si pelo outro. Para o intelectual desses novos tempos, é preciso delimitar o material artístico que dê forma a um estado de coisas em que a promessa de futuro, fundada na exaltação do modelo arcaico, não apenas não se realizou como engendrou rearranjos perversos. É preciso "marchar com as multidões" e nelas encontrar seus temas.

Rearma-se o jogo arquitetônico da composição. Desse ponto de vista, as narrativas em terceira pessoa tocam na ferida aberta pela desorganização da vida social e política no Brasil daquele tempo, já na ditadura getulista (oito dos nove *Contos novos* foram considerados prontos entre 1938 e 1944). Não há multidões. Há conjuntos de pessoas, aglomeradas por motivação ocasional na qual a solidariedade é um rasgo no tempo da produção e que, de fato, indicia a vontade de competir e ganhar distinção (O LADRÃO). Há proletários e operários dispersados por força da política coercitiva (PRIMEIRO DE MAIO). Há trabalhadores convocados pelo patriarca-patrão a servir sem contestação a seus caprichos (O POÇO). Há a mulher, sozinha, oprimida pela lei moral nela internalizada, que vivencia alucinações sexuais no corpo da linguagem e no devaneio (ATRÁS DA CATEDRAL DE RUÃO). Há, por fim, a enigmática personagem que, objeto da curiosidade dos que estão no bar, sai à rua, quando se esconde para não ser vista e para espiar trabalhadores. Só então se mostra – e apenas para o *voyeur* que também nos tornamos – sua deformação física e psíquica (Nelson).

O domínio técnico nesse conjunto de contos é extraordinário e exigiria, aqui, detalhamento analítico a que este estudo não pode dedicar-se. Apenas para ilustrar, lembremos elementos de composição de algumas narrativas.

Em Atrás da catedral de Ruão, trata-se de dar forma à opressão moral e suas consequências, na figuração dos deslizamentos do desejo. Mademoiselle – cujo nome indicia que ela *é* o que *não viveu* –, ao esquecer um trecho da cantiga infantil, francesa, em que a princesa encontra seu príncipe atravessando o bosque, dera-se conta de que perdera a vez de ultrapassar os limites da fronteira da virgindade... Havia se enganado e, desde então, volta e meia, ela se *trompait de lisière*... A partir daí, e mais e mais acossada pelo "vendaval" de desejos sexuais, ela projeta o não-vivido em sua língua materna, atribuindo a muitas expressões comuns um sentido sexualizado. *Mal* é ouvido como *mâle*: o mal é o masculino, o macho... É em francês que o inconfessável aparece, decerto dificultando a compreensão do leitor que não conhece o idioma, mas também revelando a perícia da construção dos subentendidos e das ambivalências, na língua dos desejos inconfessáveis diante da moralidade burguesa.[18] O que provoca o divertimento das alunas adolescentes, que espicaçam malícias em suas aulas e conversas em francês, atiça, também, o retorno

18. Há vários ensaios que tornam possível ao leitor a decifração das ambiguidades que indiciam o recalque da sexualidade e sua emergência na língua. Anatol Rosenfeld situa o problema, e no capítulo 4 de *A caminho do encontro* dedico-me extensivamente à análise do conto.

do reprimido, em atos falhos constantes e em alucinações. No bonde, andando pelas ruas, passando atrás das igrejas na esperança de que algo lhe aconteça, Mademoiselle imagina homens que nela se *frolam*, que nela se esfregam, que a perseguem, com seus cavanhaques *pointus*... No ápice de seus delírios, triunfa o retorno desesperançado à realidade. Atrás da catedral... de Santa Cecília, não há nada além de seus desejos recalcados.

Quem ganha corpo em Primeiro de Maio é a trama política. O proletário 35, andando pela cidade, descobre o que não está visível: a força do cerco ditatorial, escondido, e o modo pelo qual os planos oficiais afastam os trabalhadores do campo da luta e os iludem com celebrações. Escrito entre os anos de 1934 a 1942, o conto parece a súmula das reflexões políticas de Mário de Andrade à época,[19] quando o lema de "marchar com as multidões" tem ferrenhos adversários: a Lei de Segurança Nacional (1935), o fracasso da Aliança Nacional Libertadora, cuja derrota trouxe como consequência também o ataque a toda organização independente de trabalhadores. O homem comum, como o 35, terá de descobrir a desorganização política por seus próprios passos. De fato, o 35, carregador de malas, percebe o que não há nos tempos da "fortaleza enfeitada" e da "mascarada de socialismo", no Palácio das Indústrias – local institucional que cerca os trabalhadores. Ali não haverá nem festa nem luta. O 35 reinterpreta a realidade antes mal compreendida por ele e perde as ilusões. Ao final, retorna à Estação da Luz, seu lugar de trabalho, e talvez ali possa encontrar uma forma possível de comemorar a luta proletária.

19. Veja-se a respeito o ensaio de Iná Camargo Costa, Mário de Andrade e o Primeiro de Maio de 35, publicado na revista *Trans/form/ação*, v. 18. (São Paulo: Unesp, 1995, p. 29-42).

Mas será em O poço, narrativa central destes *Contos novos*, também na distribuição deles (é o quinto de nove contos), que o olhar do narrador figurará o que há de mais essencial nas relações que busca apreender. Os manuscritos revelam que se tratava de uma narrativa em primeira pessoa, em que Joaquim Prestes fazia as vezes da coerciva lei paterna. Ao retrabalhá-lo, Mário de Andrade modificou-o estruturalmente, eliminando o episódio relacionado a Juca[20] e concentrando-se no relato contundente, em terceira pessoa, do arbítrio e do capricho. A caneta do patrão cai no poço e tem de ser resgatada, a despeito das condições climáticas e de qualquer razoabilidade no que diz respeito à eficácia do trabalho. A caneta é símbolo do mandonismo autoritário, típico de nosso passado colonial ainda vivo. Joaquim Prestes, representação do patriarca, não admite contestação a suas ordens movidas a capricho; autoritário, não deixa de estabelecer com seus subordinados vínculos familistas: compra remédios para Albino, o trabalhador doente, a quem, não obstante, ele obriga a buscar a caneta no poço que mina mais e mais água; relações "de favor", como se vê, autorizam o arbítrio do patriarca e a sujeição dos que delas dependem. Joaquim Prestes é também o empreendedor moderno, aqui figurado em chave paródica, pois o que faz limita-se a modismos improdutivos (como a "educação" das abelhas ou a exibição do automóvel, inapto para estradas de terra), prerrogativa de quem "não tivera que construir a riqueza

20. Nos manuscritos, O poço é uma das narrativas em primeira pessoa. Em parte do manuscrito, o narrador Juca relata o episódio em que infringe a lei, estabelecida por Joaquim Prestes, de não tocar nos caquis que haviam sido cultivados pelo empreendedor novidadeiro. Infringe e mente, até confessar a verdade no tom mentiroso do arrependimento. Cf.: "[...] ele foi um dos maiores criadores de hipocrisia em mim." (Arquivos Mário de Andrade, IEB-USP).

com a mão, dono de fazendas desde o nascer". Patriarca-patrão, reverenciado cegamente pelos trabalhadores, Prestes sintetiza as formas atrasadas de nossa modernidade. Apenas o visitante – que determina o ângulo narrativo – dá-se conta do desmando de Joaquim Prestes, mas nada faz senão afastar-se. Só quando Albino corre o risco de morrer, seu irmão José enfrenta o patrão e, num ato de insubmissão, impede que continue o trabalho desumano que serve ao capricho. Mas logo se suspende o conflito de classes apenas esboçado, uma vez que se limita à "semiconsciência de culpa lavrada pelos séculos" e à defesa, contingente, dos vínculos fraternos em sentido estrito. Rápida e sordidamente, o mandonismo se recompõe, com denegação e mais humilhação contra os trabalhadores. Diz Prestes: "- Não vale a pena mesmo..." "- Mas que diacho, rapaz! vista saia!". A caneta é encontrada dias depois, o que indica não apenas continuidade da obediência ao capricho como também reverência às ordens arbitrárias e aos símbolos do poder; o objeto "meio místico, servindo pra escrever sozinho" é enviado a Joaquim Prestes que, irritado pelo fato de a caneta, muito limpa, estar arranhada, joga-a fora. Ele tem outras três canetas-tinteiro, uma das quais de ouro.

Neste conto, implacável na análise da figura do patrão, bem como na identificação compassiva e sem serventia prática do narrador-visitante com os trabalhadores alienados, parece concentrar-se o sentido do movimento de *Contos novos*. A comédia do progresso, que alimentara os sonhos dos modernistas de primeira hora, não trouxera as superações nacionais desejadas. Em vez delas, repunham-se as condições em função das quais os desvalidos permaneciam na "inutilidade dos sofrimentos humanos". Ao artista caberia, então, representar homens oprimidos, refletindo, com a técnica pessoal conquistada, sobre as ilusões perdidas e as continuidades perversas dos impasses da modernização brasileira. Novos contos em tempos piores.

DOSSIÊ

Contos novos: MANUSCRITOS NO ARQUIVO MÁRIO DE ANDRADE

Esta edição Nova Fronteira de *Contos novos*, no intuito de historiar, ainda que brevemente, apresenta os caminhos da escritura das narrativas, na sequência detectada, obedecendo à ordem dos títulos. Cabe destacar que a observação da materialidade dos documentos encontra textos fartamente emendados – a máquina, no fluxo da datilografia, a tinta preta, vermelha, e a grafite –, e que Mário de Andrade, no comando da sua Remington, rasurava batendo cifrões sucessivos sobre palavras e segmentos que não mais o interessavam.

VESTIDA DE PRETO (1939-1943)

– 1939: o conto VESTIDA DE PRETO, assinado "Mário de Andrade", é publicado na primeira página do I° SUPLEMENTO do *Diário de Notícias* do Rio de Janeiro, em 26 de fevereiro.
– [1939?]: o escritor recorta e refunde o texto ao rasurá-lo, a tinta preta e a grafite, desenvolvendo, neste exemplar de trabalho, uma nova versão, na qual o nome do protagonista, Juca, torna-se Lúcio.
– [1942?]: o contista marca o exemplar de trabalho com duas pequenas cruzes a lápis vermelho, selecionando o texto para o livro que almeja editar.

– 1943: versão em datiloscrito, cópia carbono azul, oito folhas de papel jornal (32,5 x 22,1 cm); no final, notícia do período de redação e assinatura: "(Rio, 1939 – S. Paulo, 17-II-43/ Mário de Andrade)"; rasuras a máquina e a tinta preta; cruzeta a lápis vermelho à direita do título. Retomado o apelativo Juca.
– [1944?]: arranjo do manuscrito na pasta sobrescrita a lápis vermelho: "Vestida de preto/ (1939-1943)".

O ladrão (1930, 1941, 1942; 1944)

– 1930: publicação de O fugitivo, na coluna Histórias e Contos, do jornal paulistano *Diário Nacional*, em 27 de abril, com o pseudônimo Luís Pinho; o autor recorta texto e põe, a lápis preto, acima do título: "D. Nacional 27-IV-30".
– 1941: versão datiloscrita, cópia carbono, crismada O ladrão; dez folhas de papel-jornal (32,7 x 22,7 cm); chamada (1) ao lado título e nota no rodapé: "(1) Este conto é desenvolvimento de uma das croniquetas historiadas que, [na datilografia] /sob os pseudônimos de Luís Pinho e Luís Antônio Marques,/ publiquei no *Diário Nacional*, de São Paulo, em 1931. M. de A." [autógrafo a tinta preta]; no topo da primeira folha, a tinta vermelha: círculo com a designação "Versão Definitiva"; no final do texto: "Mário de Andrade/ São Paulo, 16-VIII-41"; rasuras a máquina e a tinta preta e vermelha. Erro na data que, no jornal, é 1930.
– [1941?]: reescrito o texto, o contista anula, com uma cruz de Sto. André a lápis vermelho, a versão no recorte do jornal e assinala: "utilizado".
– 1944: em agosto O ladrão é publicado na revista paulistana *Clima*, nº 13, p. 35-43; assinatura: "Mário de Andrade".
– [1944?]: O escritor tira as p. 35-43 de um exemplar da revista e rasura a tinta preta o texto, originando uma nova versão.

– [1944?]: arranjo do manuscrito na pasta sobrescrita a lápis vermelho: "O LADRÃO/ (1930-1941-1942)"; não acrescenta o ano de 1944.

✠ PRIMEIRO DE MAIO (1934, 1935, 1942)

– 1934, junho: publicação, sob este título, nas páginas não numeradas 11 e 12, de *Rumo* (Rio de Janeiro; a. 2, nº 8), identificada como – "feito para *Rumo*".
– [1934?]: o escritor, em um exemplar do jornal carioca, rasura o texto a lápis preto, cristalizando uma nova versão; cruzeta a lápis vermelho ao lado do título.
– 1935: *Novella*: quinzenal de boas leituras, revista de São Paulo, imprime o conto em 5 de junho; p. 27-29; assinado "MÁRIO DE ANDRADE".
– [1935?]: o contista extrai da revista as p. 27-29 e retrabalha seu texto a tinta preta e vermelha, compondo um novo exemplar de trabalho.
– [1942?]: versão em datiloscrito original, fita preta gasta, nove folhas de papel sulfite branco, acompanhada de cópia carbono azul, papel-jornal; ambos os documentos possuem cruzeta a lápis vermelho próximas ao título e mostram, no final, a assinatura "Mário de Andrade", seguida de: "Observação pra meu uso: Foi publicado primeiro em *Rumo* e depois trans-/crito em *Novella* a 5 de junho de 1935. A primeira redação é de 1934/ inspirada no Primeiro de Maio desse ano. Esta é a versão definitiva, bas-/tante modificada de passagem."; nota circundada a tinta preta no datiloscrito original, e vermelha na cópia. Rasuras a máquina, na datilografia original e a tinta preta; na cópia, passadas a limpo a tinta preta e vermelha.
– [1944?]: organização do manuscrito na pasta intitulada, a lápis vermelho, "PRIMEIRO DE MAIO/ (1934-1942[)]".

Atrás da catedral de Ruão (1927/ 1943/ 1944)

– [1927, julho-agosto]: redação de esboços durante a viagem de Mário de Andrade Turista Aprendiz à Amazônia, na companhia de D. Olívia Guedes Penteado, mecenas no modernismo paulistano, da sobrinha dela, Margarida Guedes Nogueira, e da filha de Tarsila do Amaral, Dulce do Amaral Pinto; redação ausente do dossiê, descartada pelo escritor.

– 1943: versão em datiloscrito, cópia carbono azul, indicando abaixo do título "Atrás da catedral de Ruão/ (9-I-43)/ (Primeiros esboços: julho e agosto de 1927)"; no final do texto, na datilografia: "(S. Paulo, 17-I-43)/ Mário de Andrade".

– 1943-1944: versão em datiloscrito original, fita preta, tendo, na última folha, "São Paulo, 4-III-1944" – e assinatura em autógrafo: "Mário de Andrade"; rasuras, no texto, a máquina, a tinta preta, a grafite e lápis vermelho; 15 folhas de papel-jornal, guardadas em folha dupla de papel sulfite branco (32,6 x 22,1 cm), capa reaproveitada, título a lápis vermelho: "Atrás/ da/ catedral/ de/ Ruão/ (1943)"; nota a grafite: "(Primeiras ideias e esboços/ e notas datam de 1927 – A/ ideia do final veio em 1942)". O título sobrepõe-se a "História da Arte/ Parte VII/ Civilizações Não-europeias; nota abaixo do título: "Atrás/ da/ catedral/ de/ Ruão": Primeiros esboços: Amazonas, julho e/ agosto de 1927; primeira versão 9-I-/1943 com uma enorme dor de cabeça; se-/ gunda versão, 3-III-1944 iniciei.)".

– 1944: cópia carbono azul da versão em X no final, assinatura datilografada e manuscrita seguida de nota a máquina: "(Primeiros esboços, Amazonas, julho e agosto/ de 1927; primeira versão escrita, 9-I-1943 a/ 17-I-43; segunda versão completa, 3-III-44 e/ 4-III-44; versão definitiva, junho a 5-/de julho de 1944.)"; 16 folhas de papel-jornal; rasuras a máquina e a tinta vermelha.

– [1944]: organização do manuscrito na capa em folha dupla de papel sulfite branco com a anotação a lápis vermelho: "Atrás da/ catedral de Ruão" e bilhete a lápis preto para Georgina Guedes Vicente de Azevedo: "Georgina/ Leia, aprove, corrija o francês,/ por favor./ M.", acompanhado da resposta, também a grafite: "7-7-44/ Mário/ Li, aprovei, não/ precisei corrigir e.../ c'est rigolo/ c'(est) épatant!/ c'(e) que j' ai eu du goût!/ "; serviu para enviar, à amiga, possivelmente uma cópia da versão concluída em março de 1944. Na década de 1980, D. Georgina, que era prima de Margarida Guedes Nogueira, jovem companheira do Turista Aprendiz na Amazônia, relatou terem sido, ela e a irmã, pupilas de Mademoiselle,[1] o que ratifica o início da redação na viagem de Mário, em 1927.

– 1944: datiloscrito original da versão anterior, com as mesmas rasuras da cópia passadas a limpo a tinta preta e outras acrescentadas na mesma tinta.

O poço (1942)

– 1942: 28 de julho a 3 de agosto; primeira versão conhecida; datiloscrito original, fita preta, nas folhas 1 a 9 do texto, e autógrafo a tinta preta, nas folhas 10 a 20; ao lado do título, nota datilografada – "(Iniciado a 28-VII-42)" – e nota autógrafa, a tinta preta – "É preciso tirar totalmente o/ processo familiar de contar./ Contar com simplicidade,/ sem viveza, mas com certa mornidão soturna."; registro no final – "(Terminada esta 1ª versão a 3-VIII-42)"; rasuras a máquina, a tinta preta e a lápis vermelho; 20 folhas de

1. Informação em conversa com a Profa. Telê Ancona Lopez.

papel-jornal branco (32,6 x 22,6 cm). Substituído o nome do personagem principal, seu Corrêa, por seu Prestes.

– 1942: [entre agosto e outubro] redação de "Notas pra versão nova", em que se lê: "Chamar sempre o homem de Joaquim/ Prestes e não seu Prestes", proposta para mudança quanto ao narrador e ao final da narrativa; hesitação no nome do protagonista: Joaquim Esteves; autógrafos a tinta preta em três folhas de bloco de bolso, papel-jornal.

– 1942: 1º de outubro a dezembro; versão em datiloscrito, cópia carbono azul, e autógrafo a tinta preta; lado do título, cruzeta a lápis vermelho e nota datilografada – "(Segunda versão, iniciada/ a 1 de outubro de 1942)"; nota a tinta preta, no alto da página: "3ª versão iniciada 22-XII-42"; no fim, assinatura e observação em datilografia: "Mário de Andrade/ (Terminada esta segunda ver-/são a 2 de outubro de 1942)"; rasuras a máquina e a tinta preta, vermelha e a lápis azul e vermelho. A versão incorpora desenho de Amadeu de Queiroz, a grafite, com informação técnica utilizada como nota de trabalho: "Os poços (cisternas) variam/ a profundidade conforme a/ natureza geográfica do terreno/ Podem ter de 25 a 75 (ou/ mais) palmos, que é a me-/ dida usada pelo cava-/ dores de poços". O protagonista adquire seu nome definitivo: Joaquim Prestes

– 1942: 26 de dezembro; terceira versão; datiloscrito, cópia carbono azul; conservada em folha dupla de papel sulfite (33,0 x 22,0 cm), tendo, no anverso, a tinta preta, "O POÇO/ (versão definitiva)", indicação repetida na página de rosto do texto; nota datilografada na última folha, após a assinatura: "Mário de Andrade/ São Paulo, 26-XII-42/ (Terceira versão)"; rasuras a máquina e a tinta preta; 16 folhas, papel-jornal (32,9 x 21,8 cm).

– 1942: "A CANETA DE OURO/ ESBOÇO (esboço de peça em um ato e dois quadros)", autógrafo a tinta preta, guardado na pasta; uma folha de papel-jornal (14,5 x 10,5 cm) destacada de bloco de bolso, rasura a tinta preta.

O PERU DE NATAL (1938, 1942)

– 1938: primeira versão conhecida no Iº SUPLEMENTO do *Diário de Notícias* do Rio de Janeiro, em 25 de dezembro; Mário recorta o texto e escreve a data a lápis preto: "25-XII-38".
– [1938?]: MA rasura o recorte do jornal transformando-o em exemplar de trabalho; apõe cruzeta a lápis vermelho.
– 1942: nova versão em datiloscrito, cópia carbono azul, assinado abaixo do título e datado em anotação autógrafa a tinta vermelha – "(Versão definitiva)/ agosto, 1942)"; rasuras a tinta preta. Antes de receber emendas, o conto foi enviado à *Revista da Academia Paulista de Letras*, que o publica em setembro, no nº 19, a. 5.

FREDERICO PACIÊNCIA (1923-1924, 1929, 1939-1940, 1942)

– [1923-1924]: redação de esboços que se mesclam ao romance QUATRO PESSOAS, interrompido pela morte do escritor, em 1945.[2]
– 1929: redação ausente no dossiê.
– 1939-1940: idem.
– [1942?]: versão em datiloscrito, cópia carbono; acima do título, cruzeta e nota a lápis vermelho – "Quem conta o caso chama-se Juca"; rasuras a máquina e a tinta vermelha.
– 1942: versão em datiloscrito, cópia carbono azul, precedida de folha de guarda a tinta preta – "FREDERICO PACIÊNCIA/ (1924-1942)" – e cruzeta a lápis vermelho que se repete ao lado do título, no fólio inicial do texto; no final do conto, após a assinatura datilografada

2. V. ANDRADE, Mário de. *Quatro pessoas*; edição crítica de Maria Zélia Galvão de Almeida. Belo Horizonte: Itatiaia, 1985.

"Mário de Andrade", registro a tinta preta, com engano ao datar o ano do término 1942, e não 1943: "S. Paulo, 23 de novembro de 1942/ (A primeira redação foi ali por/ volta de 1923 ou 24. Retrabalhada por 1929./ Retrabalhada em 1939 e 40. Nova redação em 1942, de que saiu esta/ espero que última redação. 23-XI-43./ M.)".
– [1942]: organização do manuscrito na pasta intitulada, a tinta preta, "FREDERICO PACIÊNCIA/ (1924-1942)/ (VERSÃO DEFINITIVA)".

NELSON (1943)

– 1943: versão em datiloscrito, cópia carbono azul, datada no início – "(S. Paulo, 22-I-43)" –, com o título A PORTA FECHADA, riscado, recebendo, na margem, a tinta vermelha, outras possibilidades, duas vezes sublinhadas – "A VIDA HUMANA/ A VIDA ALHEIA/ NELSON"; suprimidas a tinta preta as duas primeiras; rasuras a máquina, a tinta preta e vermelha e a grafite; 12 folhas de papel branco timbrado "M.E.S. – Instituto Nacional do Livro" (32,9 x 22,1 cm), usadas no verso; seguida de folha de rosto com o título A PORTA FECHADA a lápis vermelho anulado, assim como a indicação "conto", a lápis azul; prepara nova versão datiloscrita, cópia carbono para o desfecho, em três folhas do mesmo papel, também aproveitado o verso.
– 1943: versão de NELSON, em datiloscrito, cópia carbono azul, tendo, no início, nota a máquina – "(22-I-43, S. Paulo)/ (S.P., 12-IV-43 – 15-IV-43)" – e, em autógrafo a tinta preta – "(versão nova do final, 21-IV-43)"; rasuras a tinta preta e a lápis preto; mesmo número de folhas e mesmo papel da versão anterior; uso idêntico.
– 1943: o escritor abriga o manuscrito na capa feita com folha dupla de papel sulfite branco (32,9 x 21,8 cm), intitulada "NELSON/ (conto), a lápis vermelho e azul.

✠ TEMPO DA CAMISOLINHA (1939-1943)

– 1939: versão em datiloscrito original, fita preta, com a dedicatória "A Liddy Chiafarelli" rabiscada na tinta preta com a qual o escritor acrescenta, à esquerda do título, "(Versão definitiva)/ 16-II-43)"; no cimo da folha, cruzeta a lápis vermelho; na última folha, datilografado "Rio, 10-VI-1939"; oito folhas de papel sulfite branco (32,8 x 21,8 cm); rasuras a máquina e a tinta preta, estas resultado possível de leitura em 1943.

– [1943]: versão anterior passada a limpo em cópia carbono, datilografia certamente não do contista, pois não mostra rasuras a máquina; sobre ela, Mário de Andrade justapõe ao título, a tinta preta, "(1939) e cruzeta a lápis vermelho; emenda o texto, também a tinta preta, sem datá-lo, mas concluindo a "(Versão definitiva)/ 16-II-43)".

– [1943]: constituição da pasta "TEMPO DA CAMISOLINHA/ 1939-1943)", para conter o manuscrito, adotando folha dupla de papel sulfite branco (32,9 x 21,8 cm); título e cruzeta a lápis vermelho.

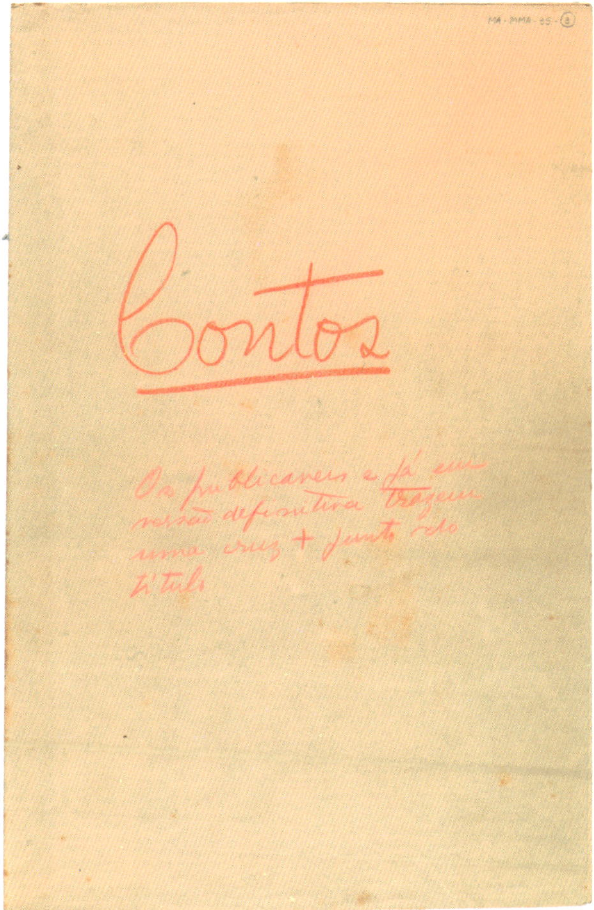

Contos | Capa do manuscrito.

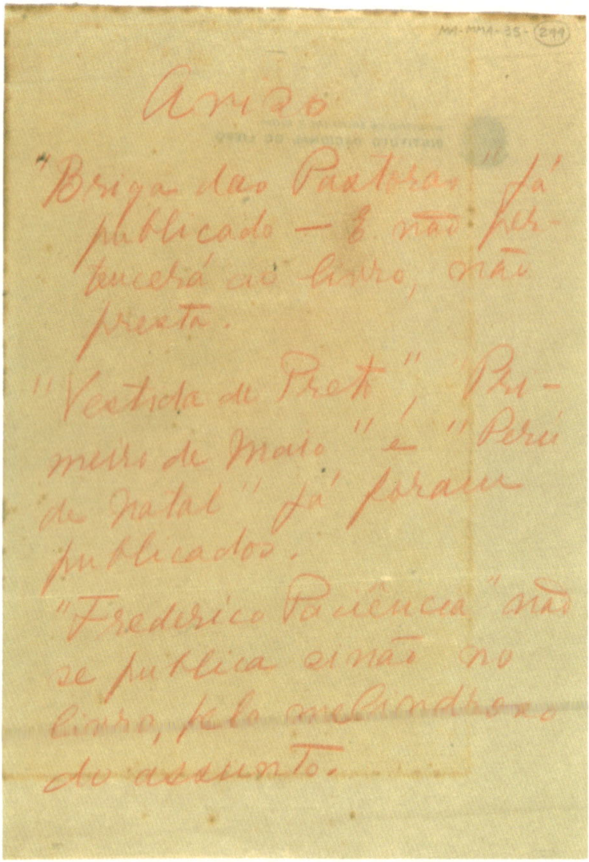

Aviso

"Briga das Pastoras" já publicado — e não pertencerá ao livro, não presta.

"Vestida de Preto", "Primeiro de Maio" e "Peru de Natal" já foram publicados.

"Frederico Paciência" não se publica senão no livro, pelo melindroso do assunto.

Nota de trabalho.

1º Suplemento

Diario de Noticias

1º Suplemento

VESTIDA DE PRETO

(CONTO)

MARIO DE ANDRADE

ERMIDAS PRIMITIVAS

V. Coaracy

Vestida de preto | Versão em exemplar de trabalho.
Recorte rasurado pelo escritor | *Diário de Notícias*, 1º SUPLEMENTO |
Rio de Janeiro, 26 de fevereiro, 1939.

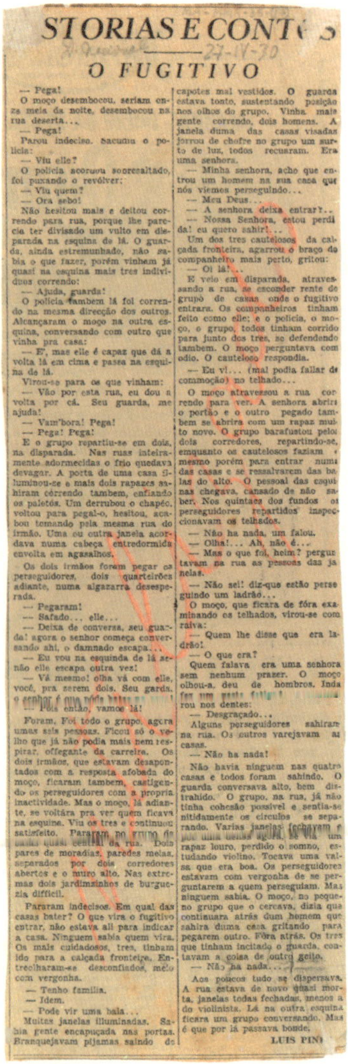

STORIAS E CONT[illegible]

27-IV-30

O FUGITIVO

— Pega!

O moço desembocou, seriam enza meia da noite, desembocou na rua deserta...

— Pega!

Parou indeciso. Sacudiu o policia:

— Viu elle?

O policia acordou sobresaltado, foi puxando o revólver:

— Viu quem?

— Ora sebo!

Não hesitou mais e deitou correndo para rua, porque lhe parecia ter divisado um vulto em disparada na esquina de lá. O guarda, ainda estremunhado, não sabia o que fazer, porém vinham já quasi na esquina mais tres individuos correndo:

— Ajuda, guarda!

O policia tambem lá foi correndo na mesma direcção dos outros. Alcançaram o moço na outra esquina, conversando com outro que vinha pra casa:

— E', mas elle é capaz que dá a volta lá em cima e passa na esquina de lá.

Virou-se para os que vinham:

— Vão por esta rua, eu dou a volta por cá. Seu guarda, me ajuda!

— Vam'bora! Pega!

— Pega! Pega!

E o grupo repartiu-se em dois, na disparada. Nas ruas inteiramente adormecidas o frio quedava devagar. A porta de uma casa filuminou-se e mais dois rapazes sahiram correndo tambem, enfiando os paletós. Um derrubou o chapéo, voltou para pegal-o, hesitou, acabou tomando pela mesma rua do irmão. Uma ou outra janela acordava numa cabeça entredormida envolta em agasalhos.

Os dois irmãos foram pegar os perseguidores, dois quarteirões adiante, numa algazarra desesperada.

— Pegaram!

— Safado..., elle...

— Deixa de conversa, seu guarda! agora o senhor começa conversando ahi, o damnado escapa...

— Eu vou na esquinda de lá senão elle escapa outra vez!

— Vá mesmo! olha vá com elle, você, pra serem dois. Seu garda, o senhor é que póde [illegible]

— Pois então, vamos lá!

Foram. Foi todo o grupo, agora umas seis pessoas. Ficou só o velho que já não podia mais nem respirar, offegante da carreira. Os dois irmãos, que estavam desapontados com a resposta afobada do moço, ficaram tambem, castigando os perseguidores com a propria inactividade. Mas o moço, lá adiante, se voltára pra ver quem ficava na esquina. Viu os tres e continuou satisfeito. Pararam no grupo de [illegible] da rua. Dois pares de moradias, paredes meias, separados por dois corredores abertos e o muro alto. Nas extremas dois jardimzinhos de burguezia difficil.

Pararam indecisos. Em qual das casas bater? O que vira o fugitivo entrar, não estava ali para indicar a casa. Ninguem sabia quem vira. Os mais cuidadosos, tres, tinham ido para a calçada fronteira. Entreolharam-se desconfiados, meio com vergonha.

— Tenho familia.

— Idem.

— Pode vir uma bala...

Muitas janelas illuminadas. Sahia gente encapuçada nas portas. Branquejavam pijamas saindo de capotes mal vestidos. O guarda estava tonto, sustentando posição nos olhos do grupo. Vinha mais gente correndo, dois homens. A janela duma das casas visadas jorrou de chofre no grupo um surto de luz, todos recuaram. Era uma senhora.

— Minha senhora, acho que entrou um homem na sua casa que nós viemos perseguindo...

— Meu Deus...

— A senhora deixa entrar?..

— Nossa Senhora, estou perdida! eu quero sahir!...

Um dos tres cautelosos da calçada fronteira, agarrou o braço do companheiro mais perto, gritou:

— Oi lá!...

E veio em disparada, atravessando a rua, se esconder rente do grupo de casas onde o fugitivo entrara. Os companheiros tinham feito como elle; e o policia, o moço, o grupo, todos tinham corrido para junto dos tres, se defendendo tambem. O moço perguntava com odio. O cauteloso respondia.

— Eu vi... (mal podia fallar de commoção) no telhado...

O moço atravessou a rua correndo para ver. A senhora abrira o portão e o outro pegado tambem se abrira com um rapaz muito novo. O grupo barafustou pelos dois corredores, repartindo-se, emquanto os cautelosos faziam o mesmo porém para entrar numa das casas e se ressalvarem das balas do alto. O pessoal das esquinas chegava, cansado de não saber. Nos quintaes dos fundos os perseguidores repartidos inspeccionavam os telhados.

— Não ha nada, um falou.

— Olha!... Ah, não é...

— Mas o que foi, heim? perguntavam na rua as pessoas das janelas.

— Não sei! diz-que estão perseguindo um ladrão...

O moço, que ficara de fóra examinando os telhados, virou-se com raiva:

— Quem lhe disse que era ladrão!

— O que era?

Quem falava era uma senhora sem nenhum prazer. O moço olhou-a, deu de hombros. Inda fez um gesto [illegible]rou nos dentes:

— Desgraçado...

Alguns perseguidores sahiram na rua. Os outros varejavam as casas.

— Não ha nada!

Não havia ninguem nas quatro casas e todos foram sahindo. O guarda conversava alto, bem distrahido. O grupo, na rua, já não tinha cohesão possivel e sentia-se nitidamente os circulos se separando. Varias janelas fecharam e [illegible] um rapaz louro, perdido o somno, estudando violino. Tocava uma valsa que era boa. Os perseguidores estavam com vergonha de se perguntarem a quem perseguiam. Mas ninguem sabia. O moço, no pequeno grupo que o cercava, dizia que continuara atrás dum homem que sahira duma casa gritando para pegarem outro. Fôra atrás. Os tres que tinham incitado o guarda, contavam a coisa de outro geito.

— Não ha nada...

Aos poucos tudo se dispersava. A rua estava de novo quasi morta, janelas todas fechadas, menos a do violinista. Lá na outra esquina ficara um grupo conversando. Mas é que por lá passava bonde.

LUIS PIN[illegible]

O fugitivo | Primeira versão de *O ladrão*, sob o pseudônimo Luís Pinho | Recorte com nota de Mário de Andrade | *Diário Nacional*, Histórias e contos | São Paulo, 27 de abril, 1930.

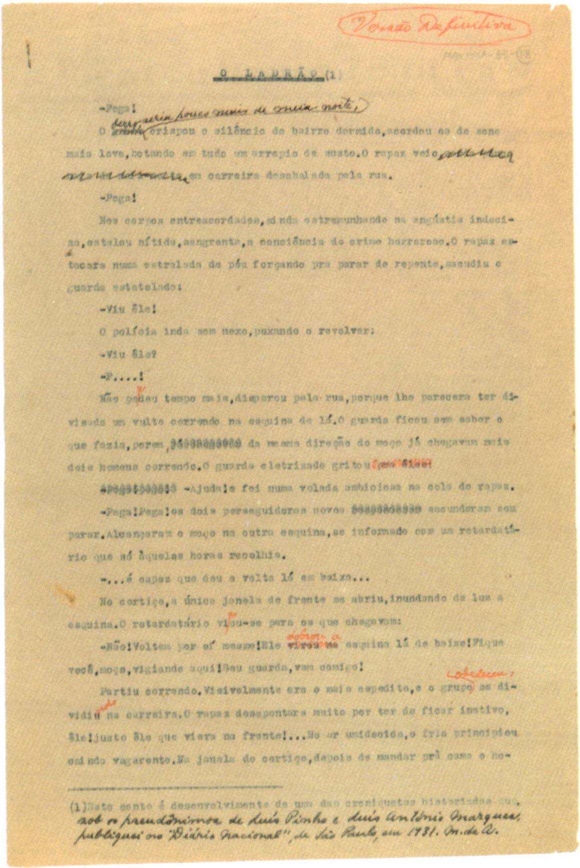
Versão Definitiva

O LADRÃO (1)

-Pega!

O grito crispou o silêncio do bairro dormido, acordou os de sono mais leve, botando em tudo um arrepio de susto. O rapaz veio em carreira desabalada pela rua.

-Pega!

Nos corpos entreacordados, ainda estremunhando na angústia indecisa, estalou nítida, sangrenta, a consciência do crime horroroso. O rapaz estacara numa estralada de pés forçando pra parar de repente, sacudiu o guarda estatelado:

-Viu êle!

O polícia inda sem nexo, puxando o revolver:

-Viu êle?

-P....!

Não perdeu tempo mais, disparou pela rua, porque lhe parecera ter divisado um vulto correndo na esquina de lá. O guarda ficou sem saber o que fazia, porem da mesma direção do moço já chegavam mais dois homens correndo. O guarda eletrizado gritou:

-Ajuda! e foi numa volada ambiciosa no colo do rapaz.

-Pega! Pega! os dois perseguidores novos secundaram sem parar. Alcançaram o moço na outra esquina, se informado com um retardatário que só àquelas horas recolhia.

-...é capaz que deu a volta lá em baixo...

No cortiço, a única janela de frente se abriu, inundando de luz a esquina. O retardatário virou-se para os que chegavam:

-Não! Voltem por si mesmo! Ele dobrou a esquina lá de baixo! Fique você, moço, vigiando aqui! Seu guarda, vem comigo!

Partiu correndo. Visivelmente era o mais expedito, e o grupo obedeceu, se dividiu na carreira. O rapaz desapontara muito por ter de ficar inativo, êle! justo êle que viera na frente!... No ar umidecido, o frio principiou caindo vagarento. Na janela do cortiço, depois de mandar prà cama o ho-

(1) Este conto é desenvolvimento de uma das croniquetas historiadas que, sob os pseudônimos de Luís Pinho e Luís Antônio Marques, publiquei no "Diário Nacional", de São Paulo, em 1931. M. de A.

O ladrão | Versão com rasuras do escritor | [São Paulo, 1943?].

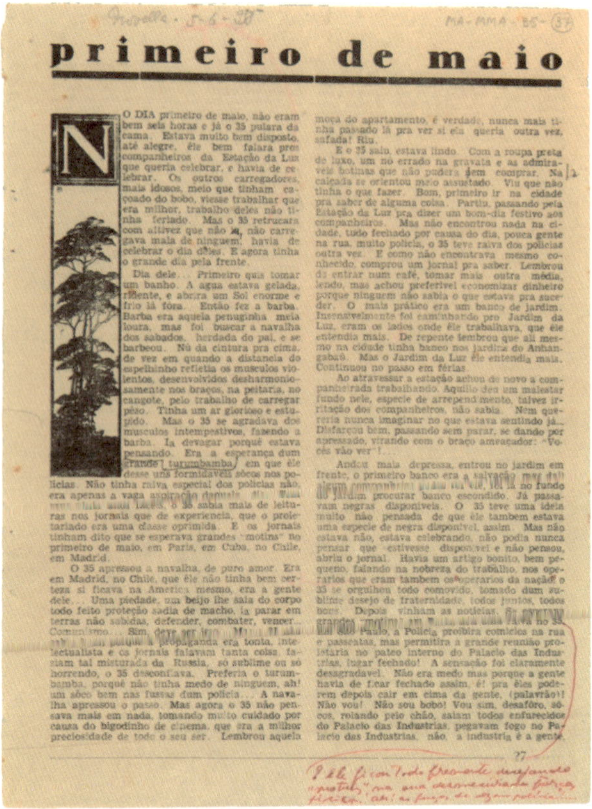

primeiro de maio

NO DIA primeiro de maio, não eram bem seis horas e já o 35 pulara da cama. Estava muito bem disposto, até alegre, êle bem falara pros companheiros da Estação da Luz que queria celebrar, e havia de celebrar. Os outros carregadores, mais idosos, meio que tinham caçoado do bobo, viesse trabalhar que era milhor, trabalho deles não tinha feriado. Mas o 35 retrucara com altivez que não ia, não carregava mala de ninguem, havia de celebrar o dia dêles. E agora tinha o grande dia pela frente.

Dia dele... Primeiro quis tomar um banho. A agua estava gelada, ardente, e abrira um Sol enorme e frio lá fóra. Então fez a barba. Barba era aquela penuginha meia loura, mas foi buscar a navalha dos sabados, herdada do pai, e se barbeou. Nú da cintura pra cima, de vez em quando a distancia do espelhinho refletia os musculos violentos, desenvolvidos desharmoniosamente nos braços, na peitaria, no cangote, pelo trabalho de carregar pêso. Tinha um ar glorioso e estupido. Mas o 35 se agradava dos musculos intempestivos, fazendo a barba. Ia devagar porquê estava pensando. Era a esperança dum grande turumbamba, em que êle desse uns formidaveis sôcos nos policias. Não tinha raiva especial dos policias não, era apenas a vaga aspiração [illegible] o 35 sabia mais de leituras nos jornais que de experiencia, que o proletariado era uma classe oprimida. E os jornais tinham dito que se esperava grandes "motins" no primeiro de maio, em Paris, em Cuba, no Chile, em Madrid.

O 35 apressou a navalha, de puro amor. Era em Madrid, no Chile, que êle não tinha bem certeza si ficava na America mesmo, era a gente dele... Uma piedade, um beijo lhe saia do corpo todo feito proteção sadia de macho, ia parar em terras não sabidas, defender, combater, vencer... Comunismo... Sim, deve ser isso. [illegible] porquê a propaganda era tonta, intelectualista e os jornais falavam tanta coisa, faziam tal misturada da Russia, só sublime ou só horrendo, o 35 desconfiava. Preferia o turumbamba, porquê não tinha medo de ninguem, ah! um sôco bem nas fussas dum policia... A navalha apressou o passo. Mas agora o 35 não pensava mais em nada, tomando muito cuidado por causa do bigodinho de cinema, que era a milhor preciosidade de todo o seu ser. Lembrou aquela moça do apartamento, é verdade, nunca mais tinha passado lá pra ver si ela queria outra vez, safada! Riu.

E o 35 saiu, estava lindo. Com a roupa preta de luxo, um nó errado na gravata e as admiraveis botinas que não pudera sem comprar. Na calçada se orientou meio assustado. Viu que não tinha o que fazer. Bom, primeiro ir na cidade pra saber de alguma coisa. Partiu, passando pela Estação da Luz pra dizer um bom-dia festivo aos companheiros. Mas não encontrou nada na cidade, tudo fechado por causa do dia, pouca gente na rua, muito policia, o 35 teve raiva dos policias outra vez. E como não encontrava mesmo conhecido, comprou um jornal pra saber. Lembrou de entrar num café, tomar mais outra média, lendo, mas achou preferivel economizar dinheiro porque ninguem não sabia o que estava pra suceder. O mais prático era um banco de jardim. Insensivelmente foi caminhando pro Jardim da Luz, eram os lados onde êle trabalhava, que êle entendia mais. De repente lembrou que ali mesmo na cidade tinha banco nos jardins do Anhangabaú. Mas o Jardim da Luz êle entendia mais. Continuou no passo em férias.

Ao atravessar a estação achou de novo a companheirada trabalhando. Aquilo deu um malestar fundo nele, especie de arrependimento, talvez irritação dos companheiros, não sabia. Nem quereria nunca imaginar no que estava sentindo já... Disfarçou bem, passando sem parar, se dando por apressado, virando com o braço ameaçador: "Vocês vão ver"!...

Andou mais depressa, entrou no jardim em frente, o primeiro banco era a salvação [illegible] no fundo do jardim procurar banco escondido. Já passavam negras disponiveis. O 35 teve uma ideia muito não pensada de que êle tambem estava uma especie de negra disponivel, assim. Mas não estava não, estava celebrando, não podia nunca pensar que estivesse disponivel e não pensou, abriu o jornal. Havia um artigo bonito, bem pequeno, falando na nobreza do trabalho, nos operarios que eram tambem os operarios da nação, o 35 se orgulhou todo comovido, tomado dum sublime desejo de fraternidade, todos juntos, todos bons. Depois vinham as noticias. [illegible] grandes "motins" em [illegible] no [illegible] São Paulo, a Policia proibira comicios na rua e passeatas, mas permitira a grande reunião proletaria no pateo interno do Palacio das Industrias, lugar fechado! A sensação foi claramente desagradavel. Não era medo mas porque a gente havia de ficar fechado assim, é! pra êles poderem depois cair em cima da gente, (palavrão)! Não vou! Não sou bobo! Vou sim, desafôro, sôcos, rolando pelo chão, saiam todos enfurecidos do Palacio das Industrias, pegavam fogo no Palacio das Industrias, não, a industria é a gente.

77

Primeiro de Maio | Exemplar de trabalho | Recorte da revista *Novella* | São Paulo, 5 de junho, 1935 – [São Paulo, 1943?].

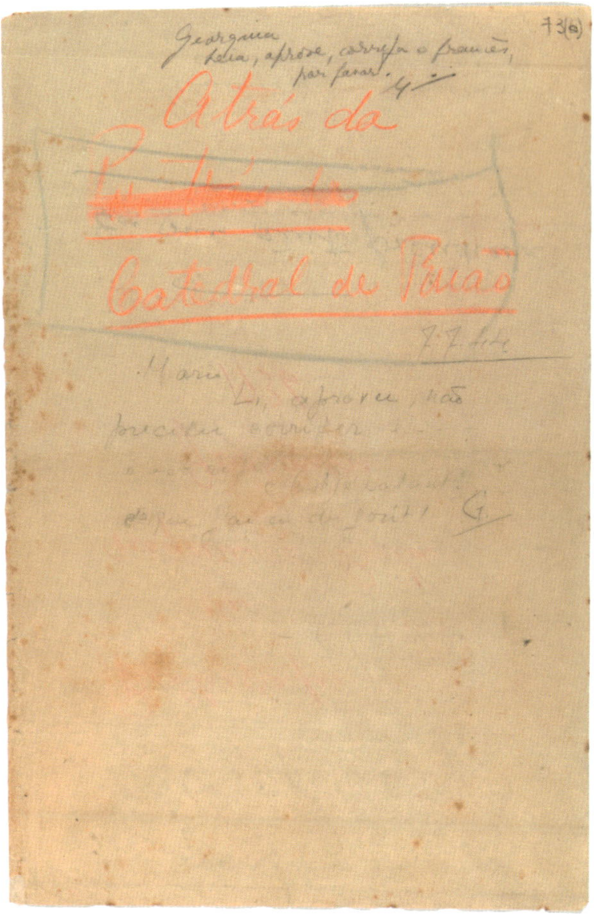

Atrás da catedral de Ruão | Capa do manuscrito no dossiê.

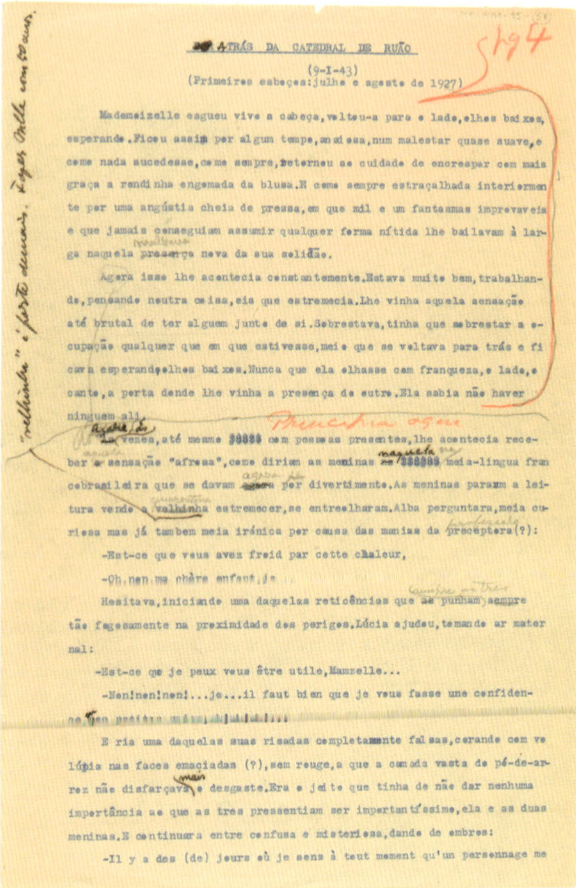

ATRÁS DA CATEDRAL DE RUÃO

(9-I-43)
(Primeires esbeçes:julhe e ageste de 1927)

Mademeizelle esgueu vive a cabeça,velteu-a para e lade,elhes baixes, esperande.Ficeu assim per algum tempe,ansiesa,num malestar quase suave,e ceme nada sucedesse,ceme sempre,reterneu ae cuidade de encrespar cem mais graça a rendinha engemada da blusa.E ceme sempre estraçalhada interiormente per uma angústia cheia de pressa,em que mil e um fantasmas imprevaveis e que jamais censeguiam assumir qualquer ferma nítida lhe bailavam à larga naquela presença neva da sua selidãe.

Agera isse lhe acentecia censtantemente.Estava muite bem,trabalhande,pensande neutra ceisa,eis que estremecia.Lhe vinha aquela sensaçãe até brutal de ter alguem junte de si.Sebrestava,tinha que sebrestar a ecupaçãe qualquer que em que estivesse,meie que se veltava para trás e ficava esperandeelhes baixes.Nunca que ela elhasse cem franqueza,e lade,e cante,a perta dende lhe vinha a presença de eutre.Ela sabia nãe haver ninguem ali.

As vezes,até meme com pessoas presentes,lhe acentecia receber a sensaçãe "afresa",ceme diriam as meninas naquela meia-lingua francebrasileira que se davam agera per divertimente.As meninas paraam a leitura vende a velhinha estremecer,se entreelharam.Alba perguntara,meia curiesa mas já tambem meia irénica per causa das manias da preceptera(?):

-Est-ce que veus avez freid par cette chaleur,

-Oh,nen,ma chère enfant,je...

Hesitava,iniciande uma daquelas reticências que se punham sempre tãe fegesamente na preximidade des periges.Lúcia ajudeu,temande ar maternal:

-Est-ce que je peux veus être utile,Mamzelle...

-Nen!nen!nen!...je...il faut bien que je veus fasse une cenfidence,mes petites...

E ria uma daquelas suas risadas completamente falsas,cerande cem velúpia nas faces emaciadas (?),sem reuge,a que a camada vasta de pé-de-arrez nãe disfarçava mais e desgaste.Era e jeite que tinha de nãe dar nenhuma impertância ae que as tres pressentiam ser impertantíssime,ela e as duas meninas.E centinuara entre cenfusa e misteriesa,dande de embres:

-Il y a des (de) jeurs eù je sens à teut mement qu'un persennage me

Atrás da catedral de Ruão | Versão rasurada pelo escritor | [São Paulo], 9 de janeiro, 1943.

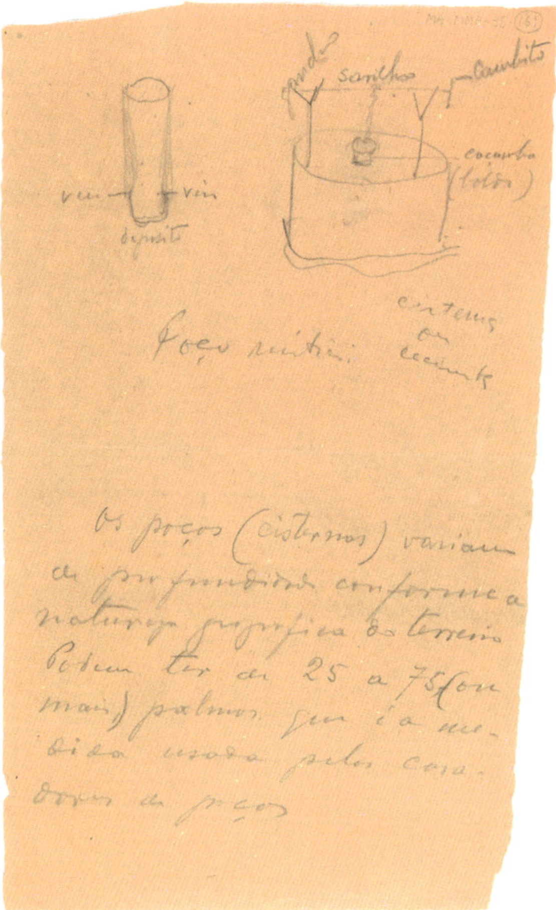

Os poços (cisternas) variam de profundidade conforme a natureza geográfica do terreno. Podem ter de 25 a 75 (ou mais) palmos que é a medida usada pelos cavadores de poços

⊗ *O poço* | Nota de trabalho. ⊗

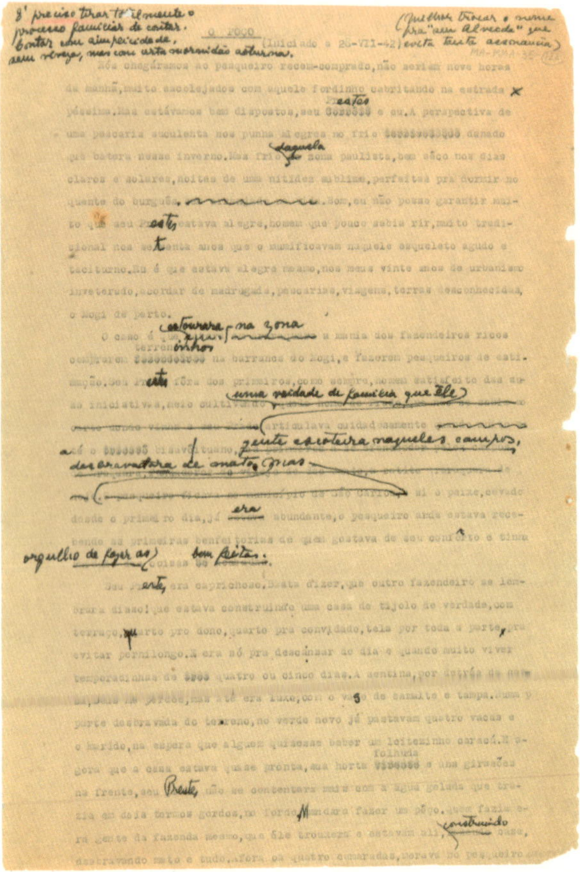

O poço | “Iniciado a 28-VII-42” | Versão rasurada pelo escritor.

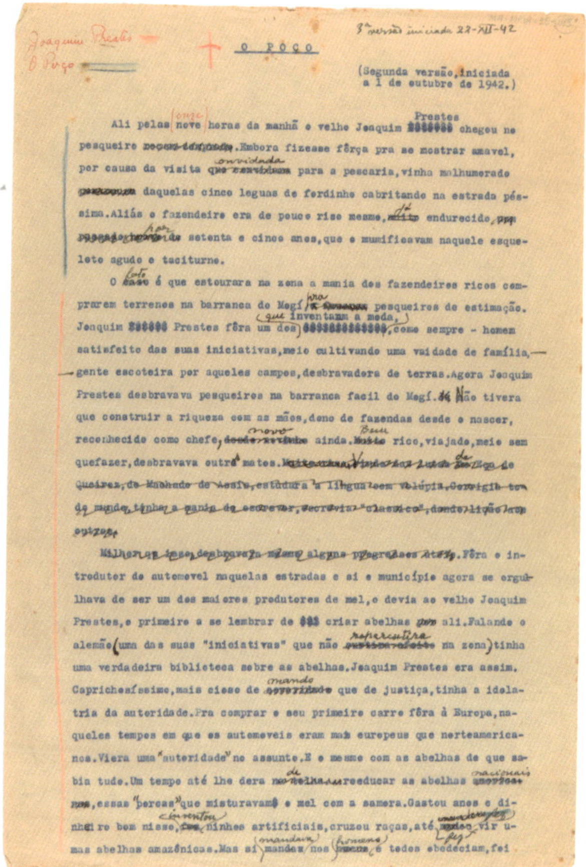

Joaquim Prestes
O Poço

3ª versão iniciada 22-XII-42

O POÇO

(Segunda versão, iniciada a 1 de outubro de 1942.)

Ali pelas onze horas da manhã o velho Joaquim Prestes chegou no pesqueiro. Embora fizesse fôrça pra se mostrar amavel, por causa da visita convidada para a pescaria, vinha malhumorado daquelas cinco leguas de fordinho cabritando na estrada péssima. Aliás o fazendeiro era de pouco riso mesmo, já endurecido por setenta e cinco anos, que o mumificavam naquele esqueleto agudo e taciturno.

O facto é que estourara na zona a mania dos fazendeiros ricos comprarem terrenos na barranca do Mogí pra pesqueiros de estimação. Joaquim Prestes fôra um dos que inventaram a moda, como sempre - homem satisfeito das suas iniciativas, meio cultivando uma vaidade de família, gente escoteira por aqueles campos, desbravadora de terras. Agora Joaquim Prestes desbravava pesqueiros na barranca facil do Mogí. Não tivera que construir a riqueza com as mãos, dono de fazendas desde o nascer, reconhecido como chefe, novo ainda. Bem rico, viajado, meio sem quefazer, desbravava outros matos.

Fôra o introdutor do automovel naquelas estradas e si o município agora se orgulhava de ser um dos maiores produtores de mel, o devia ao velho Joaquim Prestes, o primeiro a se lembrar de criar abelhas ali. Falando o alemão (uma das suas "iniciativas" que não repercutira na zona) tinha uma verdadeira biblioteca sobre as abelhas. Joaquim Prestes era assim. Caprichosíssimo, mais cioso de mando que de justiça, tinha a idolatria da autoridade. Pra comprar o seu primeiro carro fôra à Europa, naqueles tempos em que os automoveis eram mais europeus que norteamericanos. Viera uma "autoridade" no assunto. E o mesmo com as abelhas de que sabia tudo. Um tempo até lhe dera de reeducar as abelhas nacionais, essas "porcas" que misturavam o mel com a samora. Gastou anos e dinheiro bom nisso, inventou ninhos artificiais, cruzou raças, até fez vir umas abelhas amazônicas. Mas si mandava nos homens e todos obedeciam, foi

O poço | "(Segunda versão, iniciada a 1 de outubro de 1942)".

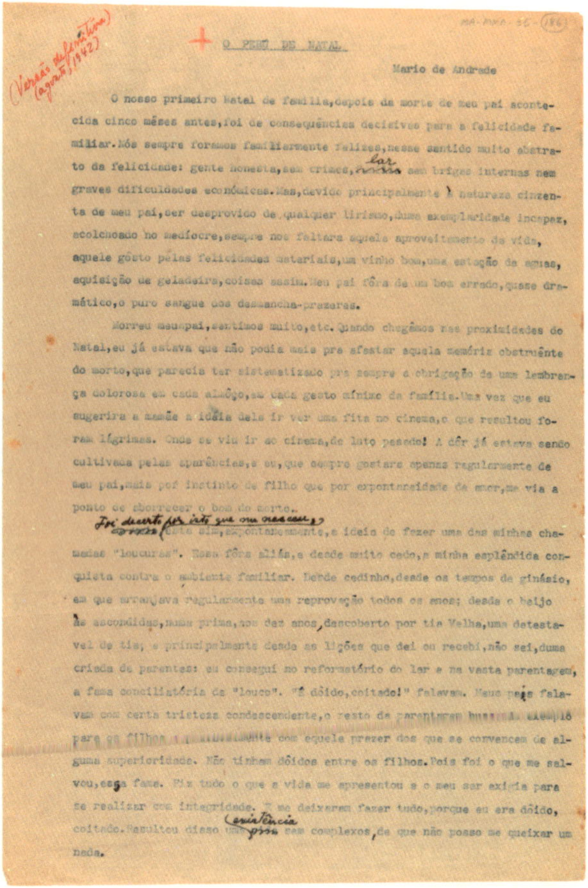

(Versão definitiva (agosto, 1942)

O PERÚ DE NATAL

Mario de Andrade

O nosso primeiro Natal de família, depois da morte de meu pai acontecida cinco mêses antes, foi de consequências decisivas para a felicidade familiar. Nós sempre foramos familiarmente felizes, nesse sentido muito abstrato da felicidade: gente honesta, sem crimes, lar sem brigas internas nem graves dificuldades econômicas. Mas, devido principalmente à natureza cinzenta de meu pai, ser desprovido de qualquer lirismo, duma exemplaridade incapaz, acolchoado no medíocre, sempre nos faltara aquele aproveitamento da vida, aquele gôsto pelas felicidades materiais, um vinho bom, uma estação de aguas, aquisição de geladeira, coisas assim. Meu pai fôra de um bom errado, quase dramático, o puro sangue dos desmancha-prazeres.

Morreu meu pai, sentimos muito, etc. Quando chegâmos nas proximidades do Natal, eu já estava que não podia mais pra afastar aquela memória obstruênte do morto, que parecia ter sistematizado pra sempre a obrigação de uma lembrança dolorosa em cada almôço, em cada gesto mínimo da família. Uma vez que eu sugerira a mamãe a idéia dela ir ver uma fita no cinema, o que resultou foram lágrimas. Onde se viu ir ao cinema, de luto pesado! A dôr já estava sendo cultivada pelas aparências, e eu, que sempre gostara apenas regularmente de meu pai, mais por instinto de filho que por espontaneidade de amor, me via a ponto de aborrecer o bom do morto.

Foi decerto por isto que me nasceu, esta sim, espontaneamente, a idéia de fazer uma das minhas chamadas "loucuras". Essa fôra aliás, e desde muito cedo, a minha esplêndida conquista contra o ambiente familiar. Desde cedinho, desde os tempos de ginásio, em que arranjava regularmente uma reprovação todos os anos; desde o beijo às escondidas, numa prima, aos dez anos, descoberto por tia Velha, uma detestável de tia; e principalmente desde as lições que dei ou recebi, não sei, duma criada de parentes: eu consegui no reformatório do lar e na vasta parentagem, a fama conciliatória de "louco". "É dôido, coitado!" falavam. Meus pais falavam com certa tristeza condescendente, o resto da parentagem [illegible] exemplo para os filhos [illegible] com aquele prazer dos que se convencem de alguma superioridade. Não tinham dôidos entre os filhos. Pois foi o que me salvou, essa fama. Fiz tudo o que a vida me apresentou e o meu ser exigia para se realizar com integridade. E me deixaram fazer tudo, porque eu era dôido, coitado. Resultou disso uma existência sem complexos, de que não posso me queixar um nada.

O peru de Natal | Versão rasurada pelo escritor | [São Paulo], agosto, 1942.

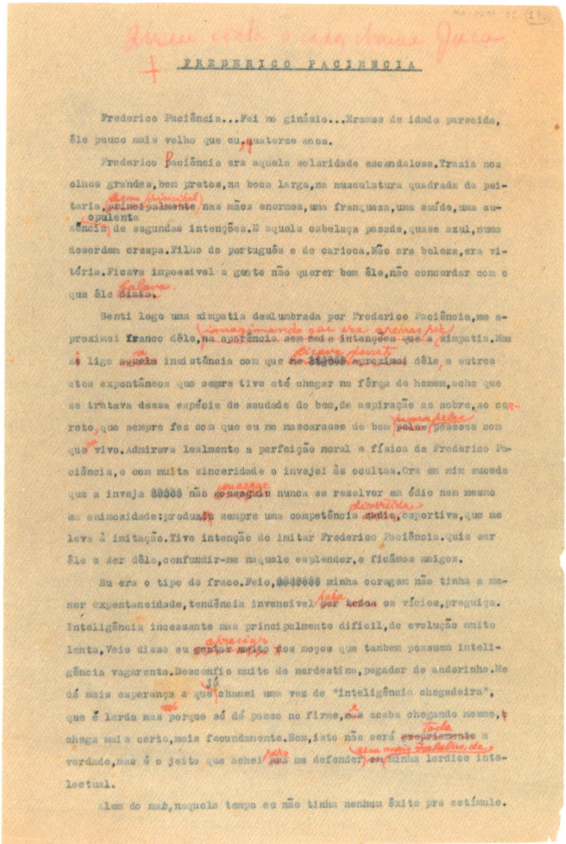

FREDERICO PACIENCIA

Frederico Paciência...Foi no ginásio...Eramos de idade parecida, êle pouco mais velho que eu, quatorze anos.

Frederico Paciência era aquela solaridade escandalosa. Trazia nos olhos grandes, bem pretos, na boca larga, na musculatura quadrada da peitaria, principalmente nas mãos enormes, uma franqueza, uma saúde, uma ausência de segundas intenções. E aquela cabelaça pesada, quase azul, numa desordem crespa. Filho de português e de carioca. Não era beleza, era vitória. Ficava impossivel a gente não querer bem êle, não concordar com o que êle dizia.

Senti logo uma simpatia deslumbrada por Frederico Paciência, me aproximei franco dêle, na aparência sem mais intenções que a simpatia. Mas só ligo aquela insistência com que me aproximei dêle a outros atos expontâneos que sempre tive até chegar na fôrça do homem, acho que se tratava dessa espécie de saudade do bem, de aspiração ao nobre, ao correto, que sempre fez com que eu me mascarasse de bom pelas pessoas com que vivo. Admirava lealmente a perfeição moral e física de Frederico Paciência, e com muita sinceridade o invejei às ocultas. Ora em mim sucede que a inveja não conseguiu nunca se resolver em ódio nem mesmo em animosidade: produziu sempre uma competência sadia, esportiva, que me leva à imitação. Tive intenção de imitar Frederico Paciência. Quis ser êle e ser dêle, confundir-me naquele esplendor, e ficâmos amigos.

Eu era o tipo do fraco. Feio, minha coragem não tinha a menor expontaneidade, tendência invencivel por todos os vícios, preguiça. Inteligência incessante mas principalmente dificil, de evolução muito lenta. Veio disso eu gostar muito dos moços que tambem possuem inteligência vagarenta. Desconfio muito de nordestino, pegador de andorinha. Me dá mais esperança a que chamei uma vez de "inteligência chegadeira", que é lerda mas porque só dá passo no firme, mas acaba chegando mesmo, e chega mais certo, mais fecundamente. Bom, isto não será propriamente a verdade, mas é o jeito que achei pra me defender em minha lerdice intelectual.

Alem do mal, naquele tempo eu não tinha nenhum êxito pra estímulo.

Frederico Paciência | Versão rasurada pelo escritor | "Quem conta o caso chama Juca".

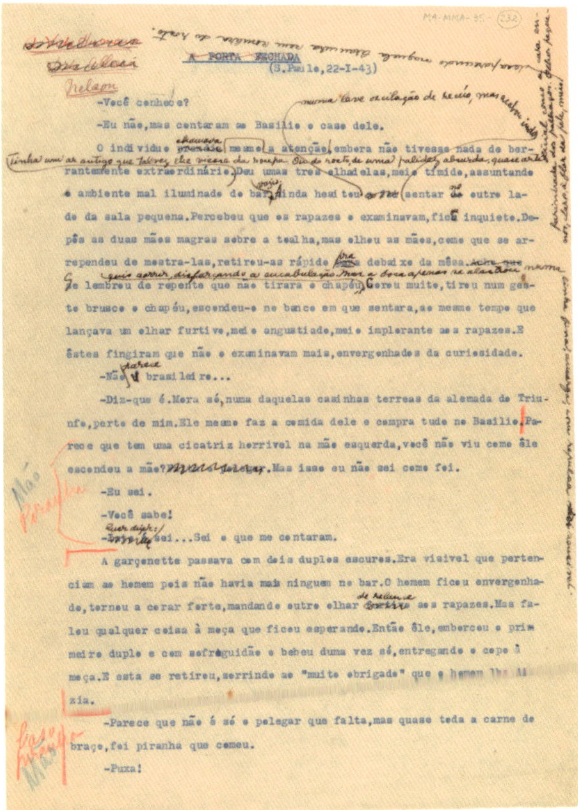

A PORTA FECHADA
(S.Paulo,22-I-43)

-Você conhece?

-Eu não,mas contaram ao Basilio o caso dele.

O individuo [illegible] mesmo a atenção,embora não tivesse nada de berrantemente extraordinário.Deu umas tres olhadelas,meio tímido,assuntando o ambiente mal iluminado do bar,ainda hesitou em ir sentar do outro lado da sala pequena.Percebeu que os rapazes o examinavam,ficou inquieto.Depôs as duas mãos magras sobre a toalha,mas olhou as mãos,como que se arrependeu de mostra-las,retirou-as rápido para debaixo da mêsa. [illegible] Se lembrou de repente que não tirara o chapéu.Corou muito,tirou num gesto brusco o chapéu,escondeu-o no banco em que sentara,ao mesmo tempo que lançava um olhar furtivo,meio angustiado,meio implorante aos rapazes.E êstes fingiram que não o examinavam mais,envergonhados da curiosidade.

-Não é brasileiro...

-Diz-que é.Mora só,numa daquelas casinhas terreas da alameda do Triunfo,perto de mim.Ele mesmo faz a comida dele e compra tudo no Basilio.Parece que tem uma cicatriz horrivel na mão esquerda,você não viu como êle escondeu a mão? [illegible].Mas isso eu não sei como foi.

-Eu sei.

-Você sabe!

-Isto é,sei...Sei o que me contaram.

A garçonette passava com dois duplos escuros.Era visivel que pertenciam ao homem pois não havia mais ninguem no bar.O homem ficou envergonhado,tornou a corar forte,mandando outro olhar aos rapazes.Mas falou qualquer coisa à moça que ficou esperando.Então êle,emborcou o primeiro duplo e com sofreguidão o bebeu duma vez só,entregando o copo à moça.E esta se retirou,sorrindo ao "muito obrigado" que o homem lhe dizia.

-Parece que não é só o polegar que falta,mas quase toda a carne do braço,foi piranha que comeu.

-Puxa!

A porta fechada / Nelson | Versão rasurada pelo escritor | São Paulo, 22 de janeiro, 1943.

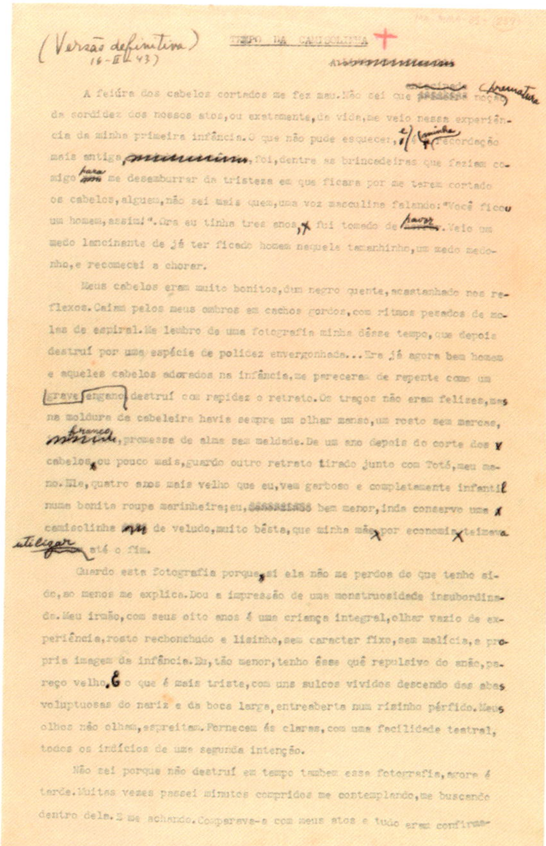

(Versão definitiva)
16-II-43)

TEMPO DA CAMISOLINHA

A feiúra dos cabelos cortados me fez mal. Não sei que noção da sordidez dos nossos atos, ou exatamente, da vida, me veio nessa experiência da minha primeira infância. O que não pude esquecer, é a recordação mais antiga, foi, dentre as brincadeiras que faziam comigo para me desemburrar da tristeza em que ficara por me terem cortado os cabelos, alguem, não sei mais quem, uma voz masculina falando: "Você ficou um homem, assim!". Ora eu tinha tres anos, fui tomado de pavor. Veio um medo lancinante de já ter ficado homem naquele tamanhinho, um medo medonho, e recomecei a chorar.

Meus cabelos eram muito bonitos, dum negro quente, acastanhado nos reflexos. Caíam pelos meus ombros em cachos gordos, com ritmos pesados de molas de espiral. Me lembro de uma fotografia minha dêsse tempo, que depois destruí por uma espécie de policez envergonhada... Era já agora bem homem e aqueles cabelos adorados na infância, me pareceram de repente como um grave engano destruí com rapidez o retrato. Os traços não eram felizes, mas na moldura da cabeleira havia sempre um olhar manso, um rosto sem marcas, franca, promessa de alma sem maldade. De um ano depois do corte dos cabelos, ou pouco mais, guardo outro retrato tirado junto com Totó, meu mano. Ele, quatro anos mais velho que eu, vem garboso e completamente infantil numa bonita roupa marinheira; eu, bem menor, inda conservo uma camisolinha de veludo, muito bêsta, que minha mãe por economia teimava utilizar até o fim.

Guardo esta fotografia porque, si ela não me perdoa do que tenho sido, ao menos me explica. Dou a impressão de uma monstruosidade insubordinada. Meu irmão, com seus oito anos é uma criança integral, olhar vazio de experiência, rosto rechonchudo e lisinho, sem caracter fixo, sem malícia, a própria imagem da infância. Eu, tão menor, tenho êsse quê repulsivo do anão, pareço velho. E o que é mais triste, com uns sulcos vividos descendo das abas voluptuosas do nariz e da boca larga, entreaberta num risinho pérfido. Meus olhos não olham, espreitam. Fornecem às claras, com uma facilidade teatral, todos os indícios de uma segunda intenção.

Não sei porque não destruí em tempo tambem essa fotografia, agora é tarde. Muitas vezes passei minutos compridos me contemplando, me buscando dentro dela. E me achando. Comparava-a com meus atos e tudo eram confirma-

Tempo da camisolinha | Versão rasurada pelo escritor | São Paulo, 16 de fevereiro, 1943.

Produzido em conjunto
com a Equipe Mário de Andrade
do Instituto de Estudos Brasileiros
da Universidade de São Paulo (IEB-USP),
coordenada por Telê Ancona Lopez.

Projeto gráfico
Ana Luisa Escorel | Ouro sobre Azul

Assistência de Projeto
Erica Leal | Ouro sobre Azul

Capa
Direção de Arte | **Ana Luisa Escorel** | Ouro sobre Azul
Design | **Erica Leal** | Ouro sobre Azul

Foto da capa
Marc Ferrez | Coleção Gilberto Ferrez |
Acervo Instituto Moreira Salles

Revisão
Ângelo Lessa
Maria Clara Antonio Jeronimo

Tradução do francês (Conto Atrás da catedral de Ruão)
Regina Salgado Campos

Editoras
Janaína Senna
Maria Cristina Antonio Jeronimo

CIP BRASIL | CATALOGAÇÃO NA FONTE
SINDICATO NACIONAL DOS EDITORES DE LIVROS RJ

A568c

Andrade, Mário de, 1893-1945
Contos novos
Mário de Andrade; estabelecimento do texto Hugo Camargo Rocha e Aline Nogueira Marques | Rio de Janeiro: Nova Fronteira, 2011 | 192 pág.

ISBN 978 85 209 2605 5

1. Conto Brasileiro | Rocha, Hugo Camargo | Marques, Aline Nogueira
| II. Título

11 0006 CDD 869 93
CDU 821 134 3 (81) 3

03.01.11 04.01.11 023682

Editora Nova Fronteira Participações S.A. |
Rua Nova Jerusalém, 345 | Bonsucesso
CEP 21042 235 | Rio de Janeiro RJ
T 21 3882 8200 | F 21 3882 8212 | 3882 8313

Este livro foi composto com Adobe CaslonPro
e impresso sobre papel Avena 70g/m²
para a Nova Fronteira, em 2015.